Treasures for Scholars Worldwide

桂學文庫·廣西歷代文獻集成

潘琦 主編

九芝草堂詩存

味腴軒詩稿初編

廣西師范大學出版社
GUANGXI NORMAL UNIVERSITY PRESS
·桂林·

圖書在版編目（CIP）數據

九芝草堂詩存 /（清）朱依真撰. 味腴軒詩稿初編 /（清）封祝唐撰. —桂林：廣西師範大學出版社，2015.10（2017.12 重印）
（桂學文庫. 廣西歷代文獻集成 / 潘琦主編）
ISBN 978-7-5495-7169-7

Ⅰ. ①九…②味… Ⅱ. ①朱…②封… Ⅲ. ①古典詩歌一詩集一中國一清代 Ⅳ. ①I222.749

中國版本圖書館 CIP 數據核字（2015）第 205966 號

廣西師範大學出版社出版發行
（廣西桂林市五里店路 9 號　郵政編碼：541004
網址：http://www.bbtpress.com）
出版人：張藝兵
全國新華書店經銷
廣西廣大印務有限責任公司印刷
（桂林市臨桂區秧塘工業園西城大道北側廣西師範大學出版社集團有限公司創意産業園内　郵政編碼：541199）
開本：787 mm ×1 092 mm　1/16
印張：28.75　　字數：460 千字
2015 年 10 月第 1 版　　2017 年 12 月第 2 次印刷
定價：300.00 元

總序

潘琦

21世紀以來，隨著各地社會經濟的快速發展，與之相呼應的地域文化研究蔚然興起，呈現出多種地域文化研究競相迸發、研究成果纍纍、各種學理學説迭出的生動局面，有力地推動與彰顯著社會主義文化的大繁榮、大發展。廣西桂學研究，即誕生在這一時代大背景下。桂學是廣西最為重要的文化地標之一，它以廣西社會、歷史、文化、思想、藝術、科技、工藝等為研究對象，是具有鮮明廣西地方特色和民族特色的理念和學説的總和。桂學作為『學』，是一種能正確地、合理地呈現廣西客觀社會歷史文化與現實文化的系統知識的學問、學理和學説。

桂學研究無論是在時空上，還是在範圍及內容上，都是一個龐大的、系統的、廣泛的工程。其中，對廣西歷史文化的研究，是桂學研究的首要任務和重要內容。而對歷代形成並留存至今的關涉廣西的文獻遺存進行系統的整理、研究、保護、出版，又是進行歷史文化研究的首要內容，是保證桂學研究能够持續深入推進的學術基礎。為了全面、系統地整理相關文獻資料，廣西桂學研究會成立後，特在內部設置了古籍整理出版委員會，職司廣西歷代文獻的整理出版與保護工作。《桂學文庫·廣西歷代文獻集成》叢書的策劃與啟動，便是這項工作的重要成果之一。

桂學研究會由何林夏、蔣欽揮兩位副會長牽頭，組織專家學者開展了卓有成效的工作，在廣西壯族自治區圖書館、廣西壯族自治區桂林圖書館及廣西師範大學圖書館、廣西師范大學出版社以及有關單位的大力支持與積極協作下，意在蒐集現存的所有廣西古籍的《桂學文庫·廣西歷代文獻集成》將陸續出版，為桂學研究提供源源不斷的堅實史料支持。桂學研究會將在一個較長的時間內，集中力量，籌措資金，全面、系統、整體、有序地推進整理出版工作的持續進行，希望藉助於這種長期務實的工作，為桂學研究向更深、更廣的方向發展，提供翔實、系統、完整、可靠的史料，推進桂學研究各項事業的持續繁榮。

以整理、研究、保護傳統文化為出發點的古籍出版，在一定程度上起著繼承、弘揚地域歷史文化的作用。古籍作為歷史文化的重要載體，其本身即是珍貴的歷史文化遺産，它不僅記載著歷史發展的生動進程，同時也集自然之美與人文之美於一體，書於竹帛的歷史記載、華美辭章是我們瞭解歷史、解讀歷史、研究歷史、承繼民族優秀文化的主要途徑、可靠依據、重要史料。《桂學文庫》的整理出版，更因廣西本身鮮明的地域性、民族性特徵，而具有顯著的多重價值。

一、研究性價值。桂學研究以研究廣西歷史文化為切入點，即首先需要研究廣西文化的産生、源流、特色，探討廣西歷史文化與其他地域或國域歷史文化之間的關係。為此，需要通過廣視角、多層面、全方位的探討，以究明廣西歷史文化發展的脈絡，做到知根知柢。先秦時期，廣西為百越之地，秦統一嶺南後，廣西開始行政建置納入統一國家的版圖，並出現於此後各種史料的文字記載中，經歷代的文化積澱，已經形成了大量的文史文獻資料與考古資料。這些遺存流傳至今，都是廣西地域文化的珍貴財富，更是建立和支撑桂學研究的寶貴財富。我們通過對這些資料進行系統、全面的整理出版，並在此基礎上開展全面的研究與考察工作，將有利於加深對廣西文化的源流、性質、内涵、特徵、地位及影響等的理解，得出符合歷史實際和歷史文化發展規律的結論。同時也能為社會學、民族學、歷史學等領域的研究提供豐富的研究素材，為文化研究的多學科共同繁榮作出積極的貢獻。

二、教育性價值。古籍兼具知識性與情感性學習兩種功能。中華文化歷經千年，其所積澱留存下來的古籍，包羅萬象，博大精深，通過對存世古籍的閱讀，有助於我們加深對古代文化的理解與體驗，掌握古代人文知識、古文知識、古人寫作技巧，領略古文之精彩，增進對地方發展史的瞭解與認識。與此同時，通過對古籍中所記録的重要歷史人物的人生經歷、治學經驗、高尚思想品德和自強不息的成長道路的認知，對於今天提高我們自身的精神境界和文明修養，都會是一種有益的啟迪與教育。

三、開發性價值。古籍作为歷經千年的文化積累，有著豐富、深厚的文化内涵，蘊含著先人的智慧，同時保持著原創性、傳承性、地域性、多樣性的特點。通過對古籍所記載歷史文化等内容的研究，今人可以擷取其精華，作為現代文化藝術創作的藝術源泉與靈感來源、拓展文藝創作題材、開發文化資源、創新文化産業，使先民的文化生命通過古籍的傳遞，重新生發出新的藝術活力與價值。

當然，任何事物都因産生於具體的歷史空間而不可避免地被自身的歷史性所局限，産生於歷史中並留存至今的古籍也是如此。面對種類繁多的古舊典籍，需要我們用批判、借鑒的眼光去加以審視，要本著去粗取精、去偽存真、古為今用的原則，充分發掘其所具有的優秀文化價值。今天，我們重要的任務之一，即是從精神上、思想上接應優良傳統，並通過繼承優良傳統而獲取更多的精神與思想資源。歷史不能複製，它只屬於它具體存在的那個空間和那段時間，但歷史又永遠不會消失，只要人類生命還在繼續，歷史就必然活躍在人們的精神生活裏，並影響著人类文明的繼續向前發展。

我們希望以《桂學文庫·廣西歷代文獻集成》相關整理成果的持續不斷出版，向世人展示廣西優秀的歷史文化資源與人文傳統，能為方興未艾的桂學研究提供充足的資料支持，為桂學研究的向更深更廣推進有所貢獻。希望桂學研究能在繼承吸收廣西優秀的歷史文化遺産的基礎上繼往開來、勇於創新，服務於今天廣西文化的大發展、大繁榮的歷史需要。

出版說明

廣西桂學研究會自2010年成立以來，即將整理出版廣西歷代留存至今的各類文獻列為學會的重要工作内容之一，並成立了專門的出版委員會職司其責，其動議之一，便是協調所有從事及志於研究、整理、保護的單位、個人、專家、學者，共同促成《桂學文庫·廣西歷代文獻集成》的整理出版。

本套叢書的宗旨，是想通過整理出版歷代形成現仍存世的桂人文獻及關涉廣西的文獻遺存，為從事桂學研究的學者提供推進研究所需的翔實、可靠、系統、全面的資料，為桂學能在學者們持續不斷的長期研究中向深廣發展打下堅實的文獻基礎。

面對歷代留存至今種類繁多、卷帙浩繁的廣西文獻，本書在編排上以著者為主綫，通過查考相關資料著録及文獻存藏信息，努力將同一著者存世的全部著作蒐羅淨盡，匯為一書。

在出版形式上，本書採用整理一種、出版一種的方式，以及時向學者提供各类文獻，並希望憑借這種方式聚沙成塔、集腋成裘，最終將關涉廣西的文獻遺存全部展現於桂學研究者面前。

為保持相關文獻的真實性，避免因整理不當而對原文獻造成的誤讀與誤解，本套叢書對納入整理範圍的文獻，採用全文影印的方式出版，旨在為學者的研究提供最本真、最可信的資料形態。與影印存真相應，我們也組織相關領域的專家學者，為所整理的著作，按照統一的格式撰寫了解題，冠於各書首册。解題的主旨：一則簡述著者生平等信息，使用者可據此對撰著者有一直觀的瞭解；二則簡介歷代目録著録情況並著作的主要内容，以明文獻傳承源流與撰著主要價值所在。

我們希望本套叢書的出版，能為桂學研究的發展繁榮提供充足的文獻支持，為桂學研究向深廣推進貢獻一份心力。桂學研究，首先是對廣西傳統文化與歷史的繼承與吸收，其更重要的意義，則在於在繼承基礎上的開拓創新，推進今天廣西文化的繼續發展，如果本叢書的整理出版能够起到其應有的作用，我們將深感與有榮焉。

解題

《九芝草堂詩存》八卷，清朱依真撰，道光二年（1822）李秉禮序刊本。《味腴軒詩稿初編》四卷，清封祝唐撰，光緒十九年（1893）刊本。今合編爲一册。

朱依真，生卒年不詳，字小岑，廣西臨桂（今屬桂林）人。朱依真出身官宦世家，爲明宗室靖江王後裔。父朱若炳（1716—1755），號桐莊，乾隆二年（1737）進士，官翰林院庶吉士，散館授檢討，歷官山東長山、歷城、荷澤、安德等縣知縣，居官勤政，所至有政聲，陞膠州知州，遷九江知府。擢南昌知府，累官至江蘇糧儲道，卒於任，今存《補閑詞偶存》一卷。若炳三子，長依程，府學廪膳生，著有《耐寒詞》。次依韓，乾隆三十九年（1774）舉人，鑲藍旗官學教習，著有《秋岑詩草》。依真爲季子，幼承父兄之教，『髫齡即嗜音律，……於十七史丹鉛數過，詩格亦日高』，『小岑之學，自六經諸子，下及百工技藝，……各詣其極』。然『幼立志不爲科舉業』，『狷性狹中，冷面隔俗，不樂進取，以布衣終身』。嘉慶五年（1801），廣西巡撫謝啟昆開修《廣西通志》，延依真爲分纂。嘉慶三年至七年（1799—1803），朱依真與安徽桐城胡虔總纂《臨桂縣志》。依真著作今僅見《九芝草堂詩存》八卷傳世，餘見諸史傳目録者，尚有《紀年詞》、《人間世》雜劇、《分緑窗》雜劇等，惜無公私存藏線索可查，疑已佚不傳。依真卒後，好友李秉禮收集其詩作，囑鄧顯鶴校刊補綴而成是書。

李秉禮（1748—1830），字松甫，一字敬之，號韋廬、耕雲、七松老人，原籍江西臨川，後寄籍桂林，爲著名鹽商李宜民之子。李氏雖以商賈起家，然族内多文士，代不乏於詩、書、畫有較大成就者。李秉禮著有《韋廬詩内集》四卷《外集》四卷、《韋廬剩稿》一卷、《韋廬浮湘草》一卷《小草》一卷、《韋廬初集》一卷《續集》一卷《近集》一卷等。《清史列傳》卷七二、張維屏《國朝詩人徵略》卷五六有傳。鄧顯鶴（1778—1851），字子立，一字湘皋，學者稱湘皋先生，湖南新化人。清嘉慶九年（1804）舉人，後選授寧鄉縣學教諭，授徒以篤實爲旨，課業之暇，集弟子友人矢志輯纂『楚南文獻者三十年』，晚年講學濂溪書院，咸豐元年（1851）病逝。著有《資江耆舊集》、《沅湘耆舊集》、《楚寶增輯考異》、《明季湖南殉節傳略》、《毛詩表》、《易述》、《南村草堂詩文鈔》等，並輯《船山遺書》。

《九芝草堂詩存》八卷，清朱依真撰，道光二年李秉禮序刊本。半葉十行，行二十一字。白口，左右雙邊，單黑魚尾。版心中鎸書名、卷次，下鎸葉碼。本書所據底本係清末民初著名臨桂籍詞人況周頤家族舊藏，佚去封面、内封等項，起自書前兩序。首《序》下鈐『況維琦』白文方印，末署『道光二年歲次壬午秋七月臨川李秉禮序』；次《序》，末署『道光二年秋七月新化鄧顯鶴』。次《九芝草堂詩存目録》，凡『卷第一』『古今體詩共六十三首』、『卷第二』『古今體詩共六十一首』、『卷第三』『古今體詩共三十九首』、『卷第四』『古今體詩共五十三首』、『卷第五』『古今體詩共五十九首』、『卷第六』『古今體詩共六十二首』、『卷第七』『古今體詩共四十首』、『卷第八』『古今體詩共四十二首』，計詩凡四百十九首。

次正文，首卷首葉首行題『九芝草堂詩存卷第一』，次行題『臨桂　朱依真　小岑』，下鈐『桂林況周頤藏書』朱文長方、『況澍』朱文方、『雨人』白文方印。

況周頤（1859—1926），原名周儀，因避清宣統帝諱改作周頤，字夔笙，號蕙風，廣西臨桂人，爲清末民國間著名詞人、詞評家，著作以《蕙風詞》、《蕙風詞話》等影響最鉅，本『桂學文庫·廣西歷代文獻集成』輯録有《況周頤集》可參見。況維琦（1904—？），字又韓，況周頤長子，曾任上海聖約翰大學中國文學系教授，著有《和小山詞》、《小蕙風詞稿》、《憑霄畫語》等。況澍（1796—约1853），字雨人，況周頤伯父，清道光九年（1829）進士，有工詩能畫名。據本書所鈐諸印，可知底本爲況氏家族所遞藏者。本書所據底本原缺第三卷葉之『八』，承北京大學圖書館特藏部鄒新明先生代爲聯絡，以該館古籍部所藏相同版本配補完璧，編者於此特爲揭出以誌謝忱。

李秉禮撰《序》詳述與朱依真交遊始末，可爲學者研究朱依真生平事業之助。並云：『小岑著作甚富，兼工詞曲，其《紀年詞》及《分緑窗》、《人間世》雜劇皆可傳，身後散佚過半，今所刊存無幾，聊以謝後死之責云爾。』鄧顯鶴撰《序》云：『臨桂布衣朱小岑先生，以名家子生當盛世，幼立志不爲科舉，窮居委巷，賣文自給，非其人不通一剌、不交一語，視人世烜耀赫奕脂韋腆涊之習，去之若浼、疾之若仇，刻意爲詩，以其微渺夐邃沈鷙鑱刻之思，寄其沖夷高曠嚴冷峭潔之概，幽而不怨，澀而不僻，蓋其生性狷介，脱屣浮榮，以泉石爲性命，而又濟以淵博之學、繕刻之功，以是爲詩，其皭然不滓、皎然不欺之志，隱然見於言中，悠然露於言外。……余弱冠時即聞小岑名，迄來桂林而小岑之死久矣，求其遺稿，散佚殆盡。松圃先生恐其久而就湮，即所存者屬顯鶴校訂，余爲詳審編次。』觀鄧序，依真品行及作品特點與藝術傾向大略可知。朱依真詩作僅存者得以留存天壤間，有賴是书多矣，爲今人研究所無可替代者。

朱依真诗作，題材較廣，舉凡政治詩、寄贈、感遇、詠史、山水田園，乃至論詩論詞之作，都舉以入詩，且筆法靈動，不拘一格，用典用喻都能别出心裁，至後世有學者以『粤西詩人之冠』譽之者。朱依真與其同時代詩人結社隱山，相與唱和，倡導詩歌創作以唐宋爲則，追慕先賢之風，其詩歌創作活動，在實際上推動了清代廣西詩歌的發展，對當時詩壇詩風轉變起到了積極的推動作用。朱依真詩作結集者，目前所知僅道光二年版《九芝草堂詩存》一種存世。另，清張鵬展道光二年刻本《嶠西詩鈔》收録其詩作五十九首，梁章鉅道光間桂林湯日新堂刻本《三管英靈集》收録有詩四十二首等，要皆未有逸出是集所録者，故研究朱氏詩作，仍當以是集爲歸。

《味腴軒詩稿初編》四卷，清封祝唐撰，光緒十九年刊本。半葉九行，行二十一字。黑口，四周雙邊，單黑魚尾。版心中鎸卷次，下鎸葉碼。封面題簽『味腴軒詩稿初編卷一至二』，内封題『味腴軒詩稿初編』，署『弟祝祁謹題』，背面牌記作『光緒拾玖年癸巳孟冬月發刊』。次《自序》，末署『光緒拾捌年仲冬月眉君氏自識』。本底本無目録，直入正文。正文首卷首行作『味腴軒詩稿初編光緒乙亥起』，次行題『古容筦封祝唐眉君著』。本集由其弟封祝祁編刻而成。

封祝唐（1857—1898），字眉君，一字壽君，廣西容縣石嶺人。父封尉礽（1830—1891），字少霞，咸豐三年（1853）進士，著有《還續齋古文》二卷，並主修《蘄州志》三十卷。封祝唐幼承家學，尤嗜古詩，潛心研讀『矻矻無冬春』，後以深味古詩之腴美，顔其齋曰『味腴軒』，其詩稿即以之爲名。光緒二年（1876）舉人，次年進士，同榜者有沈增植、梁鼎芬、莫友芝等，皆後來一時名士。光緒九年（1883），出任陝西神木知縣，光緒十八年（1892）返鄉家居，主講綉江書院，光緒二十三年（1897）赴京途中病逝於河北通縣。封祝祁（1876—1959），字鶴君，清光緒二十六年（1900）庚子科舉人，曾任湖北荊門州師範學堂文史教員。後以試用知縣分發湖北，任藩署民事科員。1914年任湖北通志局協修。1922年出任湖北宣城縣知事，1930年出任廣西大學秘書長，1946年兼署文獻委員會副主任。新中國成立後，受聘爲省文教廳文物館籌備委員，後逝於任上。有《檗庵詩存》傳世，另梁古壚、韋燕章編有《鶴君詩文集》。

封祝唐於書前《自序》云：『余少嗜詩，自同治己巳後，南北應試，舟車風雪中往往發爲詠歌，以抒其侘傺無聊之致。顧識闇才陋，不足舉以示人，所作輒隨手散佚，罕有存者。丁亥秋，捧檄古咸京，一行作吏，此事便廢，其間偶然有得，皆於役時模山範水自寫幽憂，更無復疇曩情趣矣。壬辰奉先君子諱還山，冬日負土事畢，常集諸昆弟連床夜話，時積雪初晴，朔風撼樹，聽村巷犬吠聲如豹，與打窗敗葉摵摵爭鳴，幽憀之境翛然塵外，因起拾階前落木，撥獸爐煮苦茗數甌啜之，取生平所作詩，長歌當哭。仲弟竹君讀而癖好之，亟請付諸手民。余惟詩不足存，而半生來味古之腴，矻矻于是間，亦有所心得，乃與諸弟重加編汰，得詩若干首，都爲貳册，冷唫閒醉，大抵道塗之什居多，殆所謂勞者歌耶。』略述個人詩歌創作經歷並結集緣起，較爲真切樸實，於研究其詩風及藝術性有較高的參考價值。卷末乃弟『後敘』有云：『余兄眉君少工詩，十三齡補弟子員，屢以詩賦得優擢，時已嘖嘖人口矣。丁亥夏，余南歸侍祖，兄亦捧檄入秦，江干揮手，黯然魂銷，乃出其「味腴軒初稿」作贈别之物，青篷籃筍間高歌擊節，直與湖光嶽色淪我離愁。後秦中郵書屢以近作録寄，山居課餘偶暇，持斗酒對唫箋，幾忘風雨彭城之感。歲辛卯，遭先君大故，兄重趼歸里，手足忽逢，悲來横集，葬父事畢，每于堊室中促膝談心，更漏輒數下不止，因復手其前後詩稿數百篇，並以示余。於是掃地焚香，閉户忞讀，每篇必誦一再過，幾于饑忘餐而垢忘浣也。大約吾兄之詩，論者以爲追蹤唐賢，而嵚奇典麗處，使蘇陸復生亦當奪席。此殆有識所推許，然家庭標舉，達者嗤焉。余固不敢謬加評騭，兄亦未嘗以此自多也。兄賦性疏達，平日流覽名山大川及古人遺跡，所得詩不下千首，惜乎風塵奔走，半就散佚，存者僅衹此數。余慮其久而湮滅也，因與季弟鴻君同加編輯，付之剞劂。兄年力方强，異日服闋出山，誦詩授政，將和其聲以鳴國家之盛，固不僅爲嶺嶠一詩人耳。』其弟於其詩作，頗爲推許。

是集所録，爲封祝唐與其弟所相與訂定者，首卷有題『光緒乙亥起』，是年當光緒元年（1875），據之可知該集編排爲大體依時間先後編次，計四卷收詩數百首。封祝唐詩作題材較寬泛，寫景、抒懷、題贈、詠史、記事等作皆所涉獵，社會現實、民生疾苦、匡時救國之志、書生報國之思、吊古慨今、感時傷懷、思親懷舊、贈友題别、題詩書畫、摹寫佳景，在在皆入詩人手眼，整體風格唐宋兼收而有自己獨特的風格，具有一定的現實主義傾向，亦不乏浪漫氣息。韋湘秋《廣西百代詩蹤》評封祝唐詩：『七律寫得工整、嚴謹，七絶寫得雋永、凝練，五律則平易暢達，不加雕飾，韻致天成。其憂國傷時的情懷與陸遊詩篇的愛國精神不謀而全，詩言志，也言情，而志總是通過情去體現的，封祝唐的詩能寫出自己的性情，情懷至篤，溢於詩乾，非夫人所能僞爲。』所評頗中肯綮，對封祝唐詩作的藝術成就作了爲較爲準確的概括。

封祝唐詩作，另有見收於黄輝清《廣西詩見録》二百二十五首，陳柱編《粤西十四家詩鈔》之《味腴軒詩稿》二百四首，要皆未出《味腴軒詩稿初編》所載。另《粤西詞載》（清汪森輯，與《粤西詩載》、《粤西文載》合稱『粵西通載』或『粵西三載』）收封祝唐詞作《白萍香》一首，本『桂學文庫·廣西歷代文獻集成』已收入《粵西通載》，可參見。

本書在整理中，對於所據底本無内容的空白頁面，統一做了删除。對於原書因刻本刷印本身、後世遞藏保存等的原因而成的殘破、漫漶等的情況，只得保留原貌，希讀者在使用中略事留意區别。

魯朝陽

目録

九芝草堂詩存

九芝草堂詩存一—四

序

余僑居嶺外凡四方士大夫來遊與其地之文人學士皆樂以詩交余而其久故者莫如臨桂朱君小岑余始不知小岑與其兄秋岑善因得與訂交並識其伯子春岑邇時年少氣盛意氣之合殆無與比小岑兄弟皆異才幼隨其尊人官南昌太守歸後宦槖蕭然春岑爲諸生秋岑一舉於鄉小岑獨不樂進取以布衣終其身秋岑俶儻任俠豪邁自喜小岑狷性狹中冷面隔俗余俱樂與之交嘗以爲秋岑似陳孟公小岑則徐孺子梁伯鸞一流人以故小岑兄弟皆傾懷善余已而春岑秋岑

相繼殂謝小岑孤子零落生意索然益無以爲家余每爲之營致生業圖升斗以養母小岑益親余數十年來余爲部郎於京與小岑別去迨余歸小岑曾一遊燕晉再客八閩餘則相聚時多凡文酒讌會問水尋山小岑罔弗與也當乾隆甲辰乙巳閒高密李少鶴官岑溪介偕其兄石桐來與余定交時錢唐袁簡齋太史亦來桂林四方名宿如楊石墟李桐岡許密齋王若農浦柳愚朱心池劉松嵐諸君觴咏贈答極一時縞紵之盛簡齋至比之趙文子垂隴之會無何少鶴卒於官諸君子風流雲散余與小岑僅存曾幾何時而小岑又歿十餘年

矣老病頹唐塊然獨處追憶與小岑兄弟締交之始恍
如隔世身世之感存亡之痛其能已耶小岑之學自六
經諸子下及百工技藝罔不研精殫思各詣其極詩宗
法不一矜慎其辭隱約其旨不使人一覽而盡吾不知
於時賢愛憎何如若求之於古亦庶幾能自立而不悖
於道者矣粵西詩人自唐曹鄴曹唐而降未易更僕數
若小岑者可易得哉石桐少鶴專集余久爲刻行邇年
余韋廬內外集亦次第告成獨小岑詩尚未鐫板缺然
於懷今年春新化鄧湘皐孝廉仍來粵爲余校刋諸亡
友遺詩因亟搜小岑稿弗得取族子宗澳鈔存本屬其

審定排次付梓小岑著作甚富兼工詞曲其紀年詞及分綠窗人閒世雜劇皆可傳身後散佚過半今所刋存無幾聊以謝後死之責云爾道光二年歲次壬午秋七月臨川李秉禮序

序

傳曰詩以言志揚子云志莫辨於詩志在廊廟者其言華志在山林者其言質窮達各殊皆有嚼然不滓較然不欺之故宣露於吟咏諷嘆閒所謂詩言志也然志有一定言有巧拙苟非本乎性情極乎風雅正變源流得失又加以藻繪雕飾之功則華近於淺質傷於直雖無加損於學行而合於詩之道則未也審是則詩之至者宜無閒於窮達而世顧謂詩人少達而多窮何哉士自束髮受書習制舉業去風雅甚遠迨致身通顯以其餘閒習爲歌咏言未易工工未必至惟窮而在下之人其

詣專其業習往往獨造其極唐之詩人孟郊賈島窮之尤者也然東野作尉閬仙舉進士其餘項斯方干曹松顧非熊之徒屢困舉場其堙鬱抑塞之氣時見於言即前史所列隱逸傳多有託而逃匿跡銷聲與樵者在山無異求其棲邛飲谷含貞養素傑然昌其詩者亦尠臨桂布衣朱小岑先生以名家子生當　盛世幼立志不爲科舉業窮居委巷賣文自給非其人不通一刺不交一語視人世烜耀赫奕脂韋腴涊之習去之若浼疾之若仇獨刻意爲詩以其微渺敻邃沈鷙鑱刻之思寄其冲夷高曠嚴冷峭潔之概幽而不怨澀而不僻蓋其生

性狷介脫屣浮榮以泉石爲性命而又濟以淵博之學
繕刻之功以是爲詩其皭然不滓較然不欺之志隱然
見於言中悠然露於言外豈猶有淺與直之弊與固宜
其工且至也司馬子長云其志潔故稱物芳歐陽永叔
云詩非能窮人惟窮者而後工晚近士大夫銳於仕進
徒欲苟且科第爲誇耀不得則放情自恣取逸邛欒所
謂不得已而然非其志也又安望其言之不苟可信今
而傳後哉若小岑者可不朽矣余弱冠時卽聞小岑名
迄來桂林而小岑之死久矣求其遺稿散佚殆盡松圃
先生恐其久而就湮卽所存者屬顯鶴校訂余爲詳審

編次又同春湖中丞搜輯補綴共爲八卷其詩具在識者自能辨之余獨悲小岑之志以彼其才使俯就科名必能博取富貴不如此之窮窮而稍降其志出所作與東南人士抗亦必有盛名於時不如此之困今海內競稱嶺南詩派嶺以西閿如則小岑之不汲汲於時譽可知然使小岑不窮且困徒汲汲時譽與並世之人絜短長必不能力進於古信今而傳後無疑也余故讀其詩推本其志反復申論以諗海內同志知章布自有千古彼赫然誇耀於時者尚未可同日語也道光二年秋七月新化鄧顯鶴

九芝草堂詩存目錄

九芝草堂詩存卷第一

臨桂　朱依真　小岑

讀嚴子陵傳

咄咄吾子陵，羊裘無冬夏。廣張三百鈞，不鈞王與霸。孰謂巢許事，近出秦漢下。人希龍潛舊，我厭腐鼠嚇。豈無南陽顯，風雲任憑藉。帝腹一足加，故人長揖謝。奈何商山翁，乃畏劉季罵。

寒月

寒月如昧爽，啟戶仰虛白。風柝靜可數，溼瓦濃欲滴。空堦無落葉，小竚生霜迹。舊時梅影深，彷彿臥苔石。

浩歌

夸娥移山海水淺六龍駕枉有時轉禹王神鼎亦更移
君言那得不參差長信宮中美人起淚顆斜連紅獺髓
蘭言秘誓天地知紈扇捐來更誰理信道君言同皦日
虞淵一入還相失持將笵金金可銷持將勒石石可逃
雲翻雨覆何時了季布一諾今人少符王不記嚳畚人
鳳皇雙入紫宮春衞娘薄鬢齊宮裏仲父遺言若流水

祀竈詞

朱軒喋喋烟爇青頳虬矯矯擲火鈴袖攜緣章啟金鑰
青猊扣額開九扃擎來火樹一千尺陽燧映空光四射

天公大笑職睥奔彤弓彤矢彰殊恩人間秘語在別紙
記算盈虧隨指論天上歸來司命醉翠釜塗醻枉求媚
銂童突官拱而立火鼠赤蟇紛不避天帝嬌孫舞欲顛
靈飛姹女工數錢歌聲拉雜嬌當筵赤焰倒蹴飛向天
五侯膝前同老嫗金砂成烟不可遇焚蘇斫桂白年年
炙象蹯熊無下箸不因人熱粱童子杵臼之間五噫起
可憐求福少黃羊甑上塵生空復爾

泊昭平

獨縣阻荒服嚴城列山囿聯巒厭輪困危峯失硬瘦四
面蒼烟堆一線天光漏峯頭見亭午側景疑夜戊鹿徑

荒荆榛漁村寒橘柚岗獠多巢居山田皆火耨前明失
控制百里恣戎覆間道達修荔兩江趨左右鴟張亦太
甚鴉攫不遑救行估泣險蒚土附苦躙躒緬維僉縣猷
倬矣敷功懋奮臂扼其吭揮刃解其胰始欽伐謀上詎
在稱戈鬬千家生聚繁滿地桑麻茂依微墟里烟冷落
路旁堠紛吾行旅目敢誚規模陋文成烈已遐遲迴一
瞻覿

登越王臺懷古

草樹蕭條歌舞餘爾時霸業亦區區立苗既已非其種
稱帝何妨以自娛海澳有門通絕國牂牁一線敌雄圖

奇才終古歸天命北面淒然號老夫

光孝寺

䅉穳南來意頗煩偶尋涼地入虞園不知風動緣心動細認秋壇無影旛

古木蕭蕭鴉亂飛滿庭榕葉點生衣老僧閉戶習禪靜疑是小兒羊鹿機

金塗塔在霸圖捐詎謂樓船勝法船一代降王同惑溺親摩厠筴佛燈前

石獅歎

將軍棘門前頭兩石獅雄蹲憤顧垂髥鬐掉頭丈咫尾

如斗爪牙活潑疑是御風駿走來條支濠粱氣盡天運
攺降將軍來鎮嶺海鐵顏玉掌中道亡傳厥文孫恣荒
怠雕甍刻桷土木窮私門僭擬魏闕隆石獅子本是端
州斧柯石巧匠雕鏤剖娅璧光瑩緻緻中硯材雨過依
稀蕉葉白耿家琢取歸尙家曾見小侯初建牙巍巍甲
第仍前軌金粉檀欒日增侈盤螭礎藏鴞鵲爐沉香亭
浸眞珠水當時逆信尤滔天竊執爻柄爭兵權老臣窩
疏語可憐歸耕願乞遼東田滇南大盜敢倡竽蚩尤旗
赤欃槍粗坐後翦髮擲僞使忠魂空憤豚犬愚闒中笏
子久不貢嶺表蒟醬誰其誅妖氛怪霧天一壁封狼搏

噬長蛇俱吾聞速變遲亦變速則易懲遲益煽
帝神相聖誓六師愬武古逼皆善戰荆襄屏障扼其吭
弧矢面面當天狼吳元濟死餘燼滅炎陬重覩義娥光
驕僭淫佚天所戮二豪氣焰人屬目玉辟邪跳銀鼎鼓
不見鬼瞰高明屋石獅子願爾千秋萬載無作砂與塵
留作兒毓饕鼎示後人

小除夕發廣州

一髮山低鷁首寬年來辛苦涉波瀾客氈未煖隨春鴈
水枕重欹犯曉寒祀竈語音驚里巷送窮文字雜杯盤
玉臺腳短因人慣慚愧南滇刷羽翰

春日登九成臺拜張曲江遺像

張公手采世所稱，上殿人主精神生。風髯糾糾擢修幹，傳是仙翮來降精。峩冠博帶氣莽蒼，想見批鱗破柱爲庭爭。剛則易折固其所，可惜唐祚隨之傾。神奸竊柄動朝野，御史甘爲立仗馬。一雕挾兔趣就班，百寮股栗成喑啞。丈夫生咤不逢時，遇而不遇益堪悲。荊州日落元猿叫，忠魂一片追湘纍。我來肅拜遝迵歷，樓閣飛驚闌楯側。古情鬱鬱抑不伸，春望迢迢困無力。世閒出處儘紛營，桃李芳敷動顔色。自笑身非西域胡，到處𨤲連愧雞肋。阿誰一曲武溪深，讀罷征人愁男𡺤。宜興蔣之奇武溪深一首

元祐間勒石今存臺上

洽洸卽事

熹微山市見朝陽麃眼籬兼亞字牆一帶荒城春草裏村人指點古洽洸

黃蜂翅重挾花歸紺蝶腰輕玉一圍二月風酣村路窄酒香濃透野薔薇

碧落洞

湞水直瀉危磯撐停橈訪勝心怦怦隔谿招手橅頭艇放澗徑造山靈迎嶕嶢青壁掛石乳鵝管垂垂堪摘取摩圍羊角詫無門一線呀然雷破枉繫船拾級叩巖扉

開士都穿壞色衣細長黑瘦長揖客導入幽壺窮烟霏
闌干曲屈疊之字燭龍銜曜鼉梁膩下臨絕壑懵營魂
乍覩天光渾白醉青蓮涌地當中央慈雲忽現鸚䳇王
水聲山色落伽似恨少紫竹栽週廂洞門石鐘暗不響
山几橫承平若掌翻疑碧落在下層不獨塵寰去千丈
四顧寥寥凡想滌欲去秖愁靈境失天風送我出天門
苔潤嵐光衣上滴崖陰著句秋谷老高座談龍人已槁
拂埃剔蘚讀未終一葉開頭波浩浩

山色

山色便娟甚臨流拂短椿波濤接溱水風雨滯湞江樹

重埋斜屋烟深失小艭夕陽何處泊村岸乍鳴尨

午月湞江觀競渡

經年猶未卸塵羈怕咏旄邱種葛詩九子粽嘗驚節物五時花蘙繫鄉思風襟貼貼臨江檻暑飲涔涔困酒巵莫訝蘭橈歌楚些此邦原自有湘纍（謂曲江）

謁虞夫人廟三十四韻（廟在英德縣西十三里）

迤邐湞江口香爐擁斷崖叢祠當孔道遺像婉靈媧櫛櫛龍鱗瓦登登鴈齒階森然存氣概宛爾肖形骸臨照神三尺傀俄髻一緺雲移白綺扇霧擁絲華鞵左右持龍節參差侍鳳釵行聯金華士門控玉蹄騧鞈鞢裝刀

柄芙蓉繡箭戟帝虞傳氏族粱洗實同儕憶昔唐綱解
生逢末運乖蒼生歸刼火赤縣污妖霾嘯聚頻頻發兵
戈處處皆鄉閭憑扞禦部勒任宣差李傒堪羞死黃巢
可力排古今成浩歎陵谷變無涯娘子軍名在夫人壘
草埋烈魂久飄渺遺德尚威懷賓布蠻邦貢匏笙蛋曲
諧萑苻驅暴客里巷逐流豺屢見豐農稼旋當靜虎豺
坐臨重坎險忍令疾風颸報德宜沉璧酬功次望柴帆
檣來估客伏臘走巫娃楮帛盈筐篚臺盤進果膎迎神
方偃蹇致語類優俳到岸船爭泊修誠我亦偕土垣低
過屋籬竹細于𦶜杲杲驕陽射疎疎夢雨箻觚棱棲鵓

雀文砌篆涎蝸青蘚尋碑版昏金認榜牌千軍會肅仗
兩部騰鳴蛙祇敬膺多福馨香薦潔齋採風兼弔往聊
復奏清畦

舟中雜事

青菰飯熟酒鱗紅便與元眞趣味同一尺銀刀初出水
釣絲灘口釣絲風
彎跧篷底粟生膚曉睡濃濃困不蘇正好嫩涼侵滑簟
兩山啼煞鷓鴣鷄
峯回嶺抱態橫生綠霧迷人暑氣清雨過千巖瀉幽瀑
都來午枕作茶聲

兩槳帆張任弩牙峽長七里闘紛譁野香蒸午饒芳思
無數風吹百合花

九日懷人八首

中郎友愛最相思況値茱萸遍插時鶴飲獨傾宜地爽庚寅重九曾與秋岑以葫蘆盛酒登伏波山頂立飲覽江山之盛鴈行偏滯覺霜遲時與春岑同畱嶺南冬杪方能謀歸溪中釣碣恒遭罵席上璠璵亦可知尺布分縫粟同杵耕桑辛苦莫推辭家兄秋岑

朝陽飲社主詩盟歲歲重陽結伴行四十頭顱才一第三千風月要孤撐空中鬼笑經營拙匣裏龍吟事業驚宅枕南溪秋漲淺魚肥酒熟倍關情黃孝廉東昀

劉郎史聖亦詩豪五夜雄談認頰毫牀滴金槽頻頌酒
箋分銀葉敢題糕雨淋鶴覩青霄近驢楦麟堪白眼遭
未便風塵行作吏督郵束帶不勝勞 劉進士映棻

臘面如僧病不肥水郵深處掩雙扉苓泉煑雪供宵話
莄洴尋秋欵夕霏新鴈一聲芳草歇黃花滿地故人稀
兩年京國成何事席帽塵緇秖合歸 冷孝廉昭君新鴈詞爲時所推

刻意雕搜食蓼甘堆床藥裹豈能堪星妨處士君應忌
山有移文我自慙夢到交遊驚鶴骨托居荒僻絕魚亟
斯人未必隨蒲柳神理如存事可參 汪處士修德

南潛道士聳雙肩卜築林皋意灑然一片白雲閑入戶

三秋明月恰當弦袖藏金碧長生訣心徹元黃象帝先
自是耳聾經喝破始知枯坐似磨磚羅道士存理

濟南名士吾宗秀九日朝陽曳杖來爲寫替頭成粉本
補題隼尾入蒼苔登高聞說金剛座應教還同繫馬臺
羨子早伸將母志寸心春草獨徘徊朱司馬文震

詩場短李善推敲五字長城未易捨棲鳳竹搖書幌靜
牽牛花向蘚簷拋嘗新漫擘無腸蟹懷遠應憐不食匏
君自前身顧金粟園亭擬借一枝巢李郎中秉禮

南華寺

千年訶子林開此水晶域螭礎綉苔班鴛瓦映霞赩寒

梅妙香遠老檜霜姿特當時樹中相彷彿磨金色勘破
羊鹿機知具龍象力愧無頓悟根來參徒鬱抑山僧憐
我倦止我解行幅飽我菌筍厨示我牝朝勅雲章逮明
英字好完不蝕其一復辟初其一轅未北豈謂拾經慈
竟救南內逼乘除證今古空歎刧灰黑起循串珠廊暫
借蒲團息昏縶下蠨蛸虛堂來蟣蠷心清感離夢靜聽
銅蓮刻寺中藏萬歲通天元年賜水晶鉢等物勅及天順八年勅又有正統間大藏經勅

黃黙谷燀照昔爲佛山司馬今乞病爲韶陽書院
山長暇日過存深論詩畫之旨次日作小詩奉贈

嗟嗟黃夫子頭白老司馬方袍未便合時宜兀突靈光

撐大厦少年曾讀中秘書埋頭但見書中魚壯歲失足
得外授安肯喜怒隨羣狙乞身甘托王微病任道更駐
康成車滇江學舍草弗除冬裘夏葛身晏如文章經濟
吐不得老耽詩畫忘毁譽有時揮健筆白嶽峯巒雪裏
出有時吟新詩月臨水面無人知竭來謬賞誇同調向
我拈花示微笑一語道破詩畫禪詩中有人畫本天心
聲只要心事傳瀾翻布縠奚取焉心畫有法在亡法求
諸形似眞狐涎座中點頭得要道知公詩好畫亦好郎
今老臂鼎可扛罍池翻倒蛟龍降曲江無人安道死洪
鐘寂寂誰其撥危言高論聽耳冷徒令蘭佩憎吠尨夫

子默然但深寄詩欲忘言畫惟意束修有羊酒可醉且
免更下青衫淚

英德懷古

巍巍宋皇祐在昔稱至治潞公眞宰相鵠立驚遼使常
怪道德隆亦有苞苴媿區區燈籠貢已足干物議胡爲
蜀中錦遂至權貴媢偉哉唐子方白簡無所避庭爭辱
大臣俯怍汗流地逆攖龍鱗怒遠斥豺虎畀英州古巖
邑山水頗幽閟高吟碧落詩超然忘怨懟踯躅仰遺烈
勁草響霜吹後來花石綱沉淪悲竊位

洽洸東裝作

天涯底事苦拘攣且辦春江上水船達者見人惟七字
炎荒畱我已三年餓麟嚙草求何益飢鶴謀粱倦亦旋
獨戀洽洸好山色送將烟雨過前川

萊菔花

縞目離離望轉賒半侵平楚半侵沙炎州地煖稀春雪
知是野田萊菔花

戲作弄具二首

逐疫胡頭舊俗遺蘭陵破陣仗威儀鬒髯秀整憑錐藝
眉目分明入畫宜著處似憎顔有甲褪來誰信面無皮
宰官羅刹隨方現喜怒尋常賺小兒　面具

紙褁泥丸混沌同侏儒也解著緋紅迎春特地輸黃肸
獻笑當場讓郭公便覺形容成老大豈知顚倒任兒童
生憐脚短才三寸宛轉樽前愼爾躬（不倒翁）

羊城除夕

天南三載歎沉浮又聽盈門爆竹稠新歲旋催商陸火
故人相對木棉裘歸遲苦憶縫衣線興嬾都停送酒鈎
稍喜夜寒姜被煖挑燈恍在屋西頭（時伯兄春岑自昭平來省余）

屢得黃南溪（東昀）書每以余曾否至羅浮爲問詩
以誌愧

我始泛南越擬作羅浮吟巉巉四百峯夜夜蓍烟深何

來稚川子招我以素琴坐我石樓巔褊廹捫井參翩翻
鳳皇兒丁當搗藥禽笑樂忽已悟海月墮風襟胡為俗
緣重鞅掌違初心有約符古讖直往愸獨任（余曾與周星航約同遊行有期而星航遽卒遂不果）歸途屢於悒神飛跨元霧故人愛我厚
遠嗣鴻鴈音上問朱陵天下唁梅花林覽竟爽然失欲
答如害瘠懷彼靈嶽姿撫茲良友箴怍容不可浣交頤
汗涔涔

論詞絕句二十二首

南國君臣豔綺羅夢回雞塞欲如何不緣鄰國風聞得
璧月瓊枝未詎多

天風海雨駭心神白室清空謫後塵誰見東坡眞面目
紛紛耳食說蘇辛
柳綿吹少我傷春杜宇聲聲不忍聞十八女郎紅拍板
解人應只有朝雲
貧家好女自嬌妍形管譏評豈漫然若向詞家角優劣
風流終勝柳屯田
詞場誰爲斬荆榛雙手難扶大雅輪不獨俳諧纏令體
鋪張我亦厭清眞
合是詩中杜少陵詞場牛耳讓先登暗香疎影精神在
夜月清寒照馬塍白石墓在馬塍

香泥壘燕盧申之淡月疎簾綺語詞何似山陰高竹屋
獨標新意寫烏絲

質實何須誚夢窗自來才士慣雌黃幾人眞悟清空旨
錯采塡金也不妨

雕梁軟語足形容柳暝花昏意態中項羽不知兵法誚
也應還著賀黃公賀裳字黃公著皺水軒詞筌譏史邦卿咏燕詞白石不取其軟語商量而取其柳昏花暝不免項羽不知兵法之譏

半湖春色少人窺夜月蘋洲漁笛吹深悔鈍根聞道晚
廿年始讀草窗詞

蓮子結成花自落清虛從此悟宗門西湖山水生清響

鼓吹蓺草豈妄言

兒女癡情迴不侔風雲氣概屬辛劉遺山合有出藍譽

寂寞橫汾賦鴈邱

蜕巖樂府脱浮囂又見梅溪譜六么莫笑凋零草窗後

宋人風格未全消

已是金元曲子遺風流全失草堂詞端須忘盡崑崙手

更向樓前拜段師論明代

燕語新詞舊所推中興力挽古風頹如何拈出清空語

强半吳郎七寶臺詞至前明音響殆絶竹垞始復古焉第嫌其體物集不免疊垜耳

陳髯懷抱亦堪悲寫入青衫悵悵詞記得中州樂府體

豈知肖子屬吳兒

樊榭仙音未易參追踪姜史復誰堪一時甘下先生拜
合與詞家作指南

儇鯖都不解療飢癖嗜瘖痂笑亦宜一夜梨花驚夢破
何如春草謝家詩吾鄉謝艮畊醉白堂詞一卷首二句括其自序□昨夜梨花驚夢破而今芳草傷心碧其詞中佳句也

十載無能讀父書摩挲遺譜每唏噓詞人競美遺山好
蘊藉風流那不如先大夫有補閑詞二卷

嶺西宗派頗紛拏誰倚新聲仿竹垞獨有春山冷居士
閉門窗下咏枇杷吾友冷春山昭有詞一卷咏枇杷詞最工

紅杏梢頭宋尚書較量閨閣韻全輸無端葉打風窗響
腸斷人間詞女夫閨秀唐氏吾友黃南溪元配也自號月中遞客早卒有詩詞集若干卷其杏花天詞爲時所稱予最喜其試聽飄墮聲聲風際吹來打窗葉颯然有鬼氣
零膏賸粉可能多嘖嘖才名梁月波叵耐斷腸天不管
香銷簾影捲銀河梁月波宦門女有才思早卒香爐香爐簾捲銀河波影其如夢令中語也

仝李松甫秉禮郎中仲兄秋岑過家青雷文震司
馬小集噉荔支青雷復以一器見惠作詩奉謝
暑雨忽散天破藍火傘焜赫心如惔觸熱過從笑有三
吾宗官舍僧一龕銷暑靜聽炙輠談贊皇利口索鬬鴿
我方宛舌牛鐸鍎正法請向文殊叅主人一笑爲傾甔

忽驚未要染指婪酒餘渴吻思啣甘眼前倏見馬頭籃
絳紗香囊飽瘴嵐欣然快剝桃花蚶閩香玉女遠莫擔
廖致平絲味未諳往時打槳入嶺南黑葉賣盡腊尙甏
荔奴飽啖何足耽此種絕勝首屢頷色香味在食頗堪
火銛亂擲懷中探座上置橘寧負慙拔劍割肉或非貪
主人窺我意未愜䈰籠擎來猶帶葉粟肌纍纍香浥浥
遂令餘甘飽童妾謝詩求工語囁嚅東樓妙句煩公接
想得隼尾波重疊便是君謨荔枝帖

詛鼠

爾鼠本至微賦形亦有自古虛感星精筮艮詳卦義夙

具胠篋心復有過軀智食粟貴居倉憂人慚處厠憑社
不可薰築臺能自備妨郊食牛角殘物絀象鼻或因巴
豆肥而以礬石瘁鬬穴曳尾奔跳梁作團隧簷牙欲化
蝠釜竈或驕驥沿牆散曉鐘窺燈破秋睡黠笑髯翁拙
猾介蓬山邑瞻顧首兩端跋扈身五技書生升斗艱寒
夜瓶罍匱悦惚出櫝棋貪緣及床第注目覘馨香仰首
聽隸呷始動謀棄餘稍横揭鹽豉銜果競躋几翻書恒
擲地營掘啟千門往來别九隧聞餌望風趨知機斂形
避伺之宛在目投之戒毀器穹窒經有云迎猫禮曾記
穽慳裹鹽聘絶少銜蟬遺捋鬚懷右軍置獄須酷吏佩

刀碎無術助嫁恥求媚俗以正月十六日爲鼠嫁女兒女輩競置小衣履於穴中爲鼠助嫁我聞嶺海濱寵此上方嗜老饕號家鹿小口加蜜漬覆巢窮株根抽腸薦殘胔爛燒乃甘心大嚼斯暢意安能舉爾族東向一投畀

九芝草堂詩存卷第一

九芝草堂詩存卷第二

臨桂　朱依真　小岑

謝青雷爲鐫私印

三十登壇計已疎，詞壇鵝鸛歎軍孤。何緣得佩纍纍印，肘後黄金笑不如。

蕭森穆倩氣全降，滅盡兒孫邪見幢。琢紐貫韋銷永日，不愁姓字老蠻邦。

明妃曲

漢王寤寐思傾國，畫工自有回天力。幅幅春風貌不同，玉容不及黄金色。昭君遠嫁單于中，淚花皴裂胭脂紅

妾身不惜胡中死替他六郡良家子昭君無言琵琶語聲聲傳與漢宮女漢宮麗色朝朝新青樓甲帳春復春黃金易盡華易落亦有長門腸斷人

飲馬長城窟

飲馬長城濠邊風何騷騷騷騷更窣窣壯士驚心怛濠邊髑髏秦時人自言曾見漢時春秦皇築城九千里匈奴不敢加一矢詎謂亡秦别有胡當時枉向城邊死漢家武帝勤事邊驃姚大將出祁連紅旗半卷雞鹿塞血刀更濯鸊鵜泉喧呼疻鬬皮肉綻馬蹴馬蹄箭當箭轉追轉北轉愈深萬里胡天但秋鴈匈奴勢分絶塞沙蒲

桃茝精來漢家酒泉張掖無邊釁新室乃在椒房近君不見國無外患國恒亡但須猛士守四方

蜀道難

蜀中以靈關爲門玉壘爲宇岷峨去天才倚杵青壁直上無梯緣犬吠雞鳴自今古不用崤谷之泥丸北門之鎖鑰一夫荷戈萬夫爲卻劍鋒何攢攢捫參歷井星斗寒崩巖密箐一千丈伯昏股栗不敢安羲和御車十日九不到武當石鏡空相照猢猻愁兮蛇倒回狒狒笑兮猩猩悲其陸之險既不可陟其水之險又不可洄瞿塘涖頹喧鳴若雷硴磈碇磍天關欲摧分疆劃界偪秦楚

雖欲馴致無其媒蠶叢肇開國魚鳧傳子孫鼈靈禪受人不見今人但見杜宇魂秦王急功利司馬策其易金牛詔蜀主開山獻其地蜀主但知金牛能糞金豈知金牛殘爾國蜀主但知金牛能糞金豈知金牛需爾人民食嗚呼蜀主亦何愚金牛糞金亦區區何不守爾之要害糞爾之膏腴嗚呼蜀主亦何愚

西廠歎

前王親宰執後王便近習藥石言所難簧鼓聽易入大臣作心腹近臣作耳目視聽既已熒肝膈豈相屬稽之周官列閹寺職在掃除司啟閉是誰作俑封五侯驂馬

之禍無時休小平津渡少陽院漢唐宗社成墟邱濠粱
天子朔復古鑄鐵宮門防內豎無功畏法誠至言月薇
心韙戒庸主胡汪誅後等一噎何至雄猜疑政府中書
省廢鼎趾顛左右密勿多中涓錦衣東廠復誰立禍機
已伏洪宣前王家授教挾天子孤注何能贖千死兒孫
未肯鑒前車花面獠奴承指使商公項公難回天西廠
重開成化年手持兩鉞汪太監勢逼乘輿饒氣燄貂璫
牙爪任縱橫鐵甕鑪鉗恣排陷紛紛劉魏傳家風朝宰
居然拜廠公東林鈎黨最慘烈國家元氣斯焉窮嗚呼
此儕奴隸耳何可位置樞機中古來帝王號賢聖蕭纊

垂琉防視聽篤恭正已能事畢耳目聰明國恒失

十宮

館娃宮裏豔歌停響屧廊迴宿酒醒兩點顰蛾吹不散吳山青入越山青 吳宮

漢芷湘蘭思不窮曼姬樊女笑春風豈知歌舞章華宴盡在荒唐雲雨中 楚宮

宮砂擣就認依稀皓腕紅侵玉一圍華嶽峯尖毛女在笑看銀鴈隴頭飛 秦宮

窺浴屏遮賁裹虢溫柔鄉老儘雙棲舊人零落樊通德燭影光闌雍髻啼 漢宮

巾角彈棋巧絶倫重幃複帳瑣鏚神鄴中破賊猶遺恨
洛上何人賦感甄魏宮
新選吳娃溢後庭夜明哲映夜珠明華林園冷官蟆噪
司馬家兒費品評晉宮
臍香塗壁鬱温磨市令居然仗至尊賴有芳魂傳豔語
玉兒終不負東昏齊宮
蟾兔淒涼桂影俄月宮無地著山河庭花落盡黃奴醉
鳥語分明帝奈何陳宮
腰肢裊裊晚風酣迎輦花開妙手採寧伴無愁天子死
貴兒更比寶兒憨隋宮

剉角媒人未足憑香雲一縷寵偏增秖緣小試風流陣
引得漁陽鼙鼓興 唐宮

十曲

八琅璈奏粲成行一曲雲和妙擅場鶤管更翻銀字譜
瑤池連日宴周王 董雙成吹笙曲

鳳翼參差月下吹無因夫婦鎮相隨簫聲不作人間弄
幻夢何來沈亞之 秦弄玉鳳臺曲

若耶溪水碧無塵弄水纖纖玉不龜七寶黃金裝得未
論功合勝澼絖人 吳西施浣紗曲

紫臺人去隔燕然邏沙邊聲繞四絃莫悵恩光不相及

漢家日月本長懸王昭君出塞曲

曉珠不定掌中擎反貼彎環百媚生一捻留仙裙上皺

君王恩似妾身輕趙飛燕舞掌曲

翦刀聲動曲房幽明月團圞袖裏收未必君情中道絕

自憐紈扇不宜秋班婕妤裁扇曲

雙角井邊多麗容移來金谷鬬芳穠宋禕老去無人繼

誰倚新聲唱懊儂梁綠珠教笛曲

紅綃紫穎散春心桃葉山前事已沉瑩月新詞書未竟

都無去就怨韓擒張麗華臨書曲

錦纜牙檣入畫圖邗溝楊柳弱難扶都來五斛青螺黛

描得愁眉一寸無 吳綺仙 龍舟曲

霓裳舞倦髴鬟鴉玉臂支攲暈臉霞懊恨春風太輕薄

故將淸夢入梨花 楊玉璵 春睡曲

羅浮鳳子歌仝汪雪航修德爲南溪賦

博羅鳳子傳嘖嘖大如車輪小徑尺昔人云是麻姑裳

縝密天衣無縫襞山翁收藺持贈客藺破成蛾蛮弗得

信知仙種不易覓詎肯飛來叩窗槅黃君荒圃草初闢

欻然一雙下簷隙紛披金采擬鳳毛覆頂赤冠類漢幘

我思此物胡爲來失足毋同謫仙謫卻疑君是黃野人

夢中偷得羅浮春不然渠是君家集中蠹所化文章五

色何鮮新主人高會答靈異酒旨肴芳閒清吹飲罷花
陰日燄午瞥起翻飛無所覩黃雀何時報玉環爰居無
心樂鐘鼓汪郎作詩意覶縷黃子咄咄手頻拊擬付丹
青更貌取黃君黃君盍休哉滕王郭熙死且埋靈物幻
化非凡材靈物幻化非凡材欲畫但作村裏來

五粒松歌

華山之松多五粒洪崖飯顆無人拾千年刼火燒不死
精靈化作青人泣幾時卻走來炎荒飛上顛崖骨森立
山人募得獠奴子睬擲猨攀深箐裏枯藤自縋出峯腰
白柄長鑱鑿石齒老蛟殭臥不肯起盜得蛇孫并蛇子

長鬒擔來遺好事種向堦前屹相峙松乎爾今一尺强
峥嶸不入楓柳行但須有骨傲風霜千秋萬歲皆青著
㒷必位置明星玉女旁

七月七日遊龍隱巖觀宋人碑記

嘉熙橋東綠如寫林樾陰森巖灑灑芒鞵上下犖确磥
霜霰未零草没髁振衣直上層巖巔啥呀洞壑相勾連
摩挲古壁苔花紫壁上題名半天水平蠻一碑尤偉奇
想見襄武熊羆姿雕題大猾一鼓滅世無其人艮可思
胡爲刊此元祐籍青蠅居然開黑白爲臣不忠戒何人
碑云爲萬世臣子之戒 萬世 萬世存留磈磈魄淒涼復有咸淳記諸吕

當時未攜貳牛角山河轉愈窮武畧邊功等兒戲庾樓佗日王孫淚不憶穹窿碑上字（呂師夔降元後於庾公樓飾宗室女媚伯顔爲伯顔所斥）炎宋興亡傀指間老盡天南一角山我來不爲滄桑感愛此拂波螺幾點嵐光倏忽變山姿水氣濛濛淡雙臉歸時已厭涉陂陀赤腳踏破琉璃窩但令縱飲同河朔莫問新月生烟蘿酒酣更起遵江渚恰恰晚涼宜白苧便隨燈火入重城瓜果樓頭粲兒女

蟋蟀

西風幽籟滿微物抱區區石井聚涼葉空階多碧蕪吟情渾未滅鬬志已全殊寂寞匡牀下從渠斷續呼

豈亦感時節孤吟不自持幽人三徑月織女一絇絲軋軋煩予意琤琤孰爾知終慚臺閣養譸謝闒雛兒

食新橙有懷羊城風物

新會甜橙四會柑歲華歷歷記天南扁舟榕葉村邊路萬樹霜林一色酣

擘處寒香爇甲浮瓊漿氷齒翠眉愁風流謾說餘甘尉薄視江陵萬戶侯

射覆金盤笑語俱尊前風味覺全輸并刀如水鹽如雪秪欠吳孃手似酥

冬日遊聖母池在城西伏牛山淸聖寺明孝穆紀

太后從賀經桂盥濯於此池故名

城西爽氣來無端引我步屧尋烟巒天高水落林莽細
中有梵宇巍Remote完先朝聖母過臨處苔花繡覆古井幹
迎恩里近臨賀嶺錦襠金屐如雛鴛停中洗面舐涕淚
盥濯不盡何關干豈知寶藏恩波遠已有雲物蛟龍盤
戎衣昭德擅王歡蛾眉讓人古所難前星誕靈尚閟秘
至尊攬鏡空嘶酸牽衣入懷認龍種兒出母亡摧肺肝
不爲人彘且僥倖願化貍鼠懲兇殘異時拂子斃倉卒
肥婢漏網爲長歎宋仁令主惑讒口幾致劉氏危不安
魚臺丞疏吁可畏帝度卻署如天寬可憐報德復何所

元舅左證無絲聾更誰紀李辨蠻語至今亥豕碑難刓此是有娀發祥地想像環珮來珊珊荒基薺合那足憾當年九廟無祠官羸瓶聲歇牧兒散青泥獨漉行將乾低徊瞻眺不能去時聞木葉彫琅玕

出北門口號一

李花能白桃花紅華景山前夾路風錄事免觴金谷酒曉來詩思欲漫空

人日集佩墨山房

泥輭風帽步迂徐共訪城南靜者居七日春光成瀾熳十年酒國有乘除太眞鄙語寧妨達曼倩詼諧秪自譽

聚散幾回驚老大莫辭蒻韭撥浮蛆

春興和松甫將赴選入都

文場袞袞歎沉浮卿自人間第一流樂事三春花倚揞詩情殘夜水明樓漫憐歌管追游地正値驊騮欲騁秋顧我久慙裙屐貴肯分吟硯聽淹留

癖嗜寧如飯顆癡彫肝鏤腎笑年時苔聯文字渾成債漫與篇章不當詩烟骨銷磨青鏡覺硯田荒廢綠塵知疲兵那敢摩君壘乞免蘭亭罰酒卮

十停春事去三停莫更枯搜詣窈冥孝伯風流隨日減邱遲詩思入苔青山浮螺甲人當面岸暖茴香鴨曬翎

斗酒雙柑休放慢曉來鶯語最堪聽

爲郎粉署亦逍遥咏罷燕臺結柳條洽思詎同無主絮
鄉心頻展未舒蕉山中猿鶴盟空在海上鵾鵬去正迢
三十王融公輔望故人應笑我寥寥

送郭春林毓歸諸暨

先生今代郭林宗處約味淡無所苟撐腸五千飽不得
秖今挾策天涯走偶然讀律通甲乙差强擊柝謀升斗
南浮洞庭絶湘水濯足湖波眺楚藪搜羅金石發光怪
漫郎浯溪爲子有采風不獨瑶琚詞力主中興紬黄九
東中未能識孔道嶺外何期逢子厚謬云牛鐸中宫商

不覺雄雷驚轂轂一敘取重皇甫君四聲仰愧青藤叟
傾囊倒篋青等身古峭直逼元和柳誓將什襲藏名山
唯恐薰天騰謗口酒酣燭跋肝膽露冷咽無聲但搔首
可憐五十倘縫掖鬢上飛絲斷秋藕世間至寶不虛出
必有血泣期相剖卽今歸赴古戰場更試雲中射雕手
絕塵逸足不再顧倘有方駕望子久石渠東觀自子事
獨我咨嗟益三友君爲余序分繡窗雜劇以青藤見擬

陽朔觀瀑

連蜷複嶂開深罅白光初展眉間毫未到百步聲嘈嘈
千迴萬轉冰絲繅須臾一掣萬馬驚如匹練墮挽弗牢

建瓴直瀉三丈高松人石友左右曹玉虬掉尾靑雲韜肥瀵沆瀣隨所遭砰訇觸物氣不撓堅陣快砍龍雀刀珠噴沫濺舞鷺翻龍皮灑水風刀颺我行五月愁煎熬渴吻空羨引臂猱有山可買擬結茅水簾周匝眞珠跳清涼解我思鬱陶惜哉過眼催驚濤匆匆因嘆習坎勞曷不蒙養空滔滔

珠江竹枝詞

海珠石小小於瓢來往潮痕總不消妾身自是海珠石願得郎如早晚潮

橫陳玉體鞸鬟鴉午夜溫麘襲絳紗怪底銷魂香入骨

前身應是素馨花
强起扶頭對鏡遲殢人嬌夢一絲絲隔簾酒渴喚不醒
小艇迎人賣荔支
口角猩雲凝不開唾花香濺袖羅迴可憐一片扶蔞葉
心裏檳榔半是灰
絲停竹咽惱人腸水調聲高轉更長唱到鷓鴣情最切
更拋眉語悟蕭郎
送歡催趁鴨頭船羚羊峽高船不前春潮不敵西江水
歡意那如儂意堅

過德慶有懷陸大夫

大夫游客耳一語下南粵秖今錦石山精氣猶兀突男兒生逢時功業成倉卒我獨觀其養氣盛不可奪隆準且改容椎髻寍不蹶野鷄亂其種劉氏危一髮從容將相間不致漢鼎蹙悠悠後世論歸美平與勃此事尤所難不獨騰口說游子復何爲莽走窮年矻挾瑟無燕姬擊鮮少肥腯去去勿復道吾方飽糠籺

潯洲卽事

三年書劍滯番禺又向潯陽聽鷓鴣荒徑自多山躑躅市門難覔女珊瑚水腥龍戸排江岸日暖蛇神出座隅獨有西山堪拄頰慣將烟雨惱臞儒

荒城如斗萬峯攢漆齒雕題穴儘寬午夜妖藤虗庋峽千秋銅鼓尙名灘林中獸竄張弧少隴上刀耕佩犢難莫詡扁舟忘戒懼奚囊不賸一錢看（諺云盎有一斗米莫泝藤峽水囊有一百錢莫上府江船）

甲午十月既望同南溪春岑秋岑游棲霞寺徧訪彈子省春諸巖之勝返飲此山亭月出始歸約賦五言七首以雲峯餀處湧冰輪爲韻

七星初隕時遼邈無前聞卽今化爲石氣象猶絪緼燦燦隔河渚蓬蓬多白雲乍窺闌干影頗似青宵分梵宮托林麓鐘鼓聲殷殷危壁出蒼髓古藤纏綠筋結契松

竹歡忘機魚鳥欣溫谷秘陰崖龍脊辨斜螭疑有潛虬
蛻存此之而文卻立蒼溪根仰見著天垠擬將梯青屐
上謁日華君
攢攢啟青嶂轉側忽成峯迤邐彈丸溪循環麋鹿蹤彈
巖頗窔窱乳石垂如鐘省春漸高爽巨耐烟煤封最上
一巖據列几浮巒供門闕青琅玕倒掛雙蒼龍複室度
輕綦時聞足音跫彫搜既奇特風景亦含容惜哉題名
缺峭壁無人攻誰將一斛墨鉅筆任衡從悵望齊雲址
遙睇金芙蓉
我昔游端州星巖號奇絕洞壑雖勾連疎秀寧此埒試

看靈牙吐一一漯秋雪千巖週化城雙橋飛彩蜺平楚
入蒼茫清溪赴幽折參差紅葉村正在青山缺斯境天
下奇況是閭閻切
平生樂泉石入山忘百慮更值小春時暖透綈袍絮競
誇腰脚健爭向烟雲翥憩肩訶子林放眼冥鴻舉茶香
泉新汲酒濁巾初漉興無俗物敗飲少公榮預清談尙
元遠鄙見莫横據尊前一仰首何地著名譽山隨瞑色
變鴉背斜陽去爲問拄頰人當有會心處
塵市逐頽波兹山自嵱嵷昔時梁園基今日耕人壟穹
窿紀功碑亦復汚傷髆今古無停機歎者足相踵不見

秋蘆花白髮還種種人生役化遷譬彼繭中蛹紛紜聲色娛未可散煩冗青山與白酒所以恃無恐悠悠懷古情吟思欲飛湧

山前卽明藩花園

酒酣撫危榭長嘯巖谷應東方瞻盧白已覺蟾氣蒸初疑野燒出又擬塔院燈須臾青屏破古鏡緣金繩山生太古雪人對天池氷水木湛明瑟烟骨軟無棱願假贊公房看爾到上層

世賢喜觸熱碌碌如車輪奔走無已時終亦爲勞薪豈知冷澹中往往見天眞手把青琉璃目此萬傾銀回環水精域浣我浮根塵十年稀此游恍隔桃源津今朝忽

到眼便欲誇傍人請刊天柱峯永此蒼華新

冬至後一日同南溪春岑泛舟游環珠洞訪襄陽像

一冬未有今日寒閉門堅臥偎殘氈有客剝啄强我起出戶但怪雙眸酸爇灰旋撥酌君酒漸放陽和生腋肘雪雲壓簷時復卻梅花向人意何厚忽然憶著山陰船擬泛江天尋漫叟忍寒待渡呼榜人鴉舅翻江紅欲皺江風泠泠波岌岌一葉蜻蛉波上立琉璃凍滑行不前咫尺蒼崖欒聲急米老沉淪烟水境古裝彷彿來相迎儼然衣帶法吳生自道骨髓本天性元章自云取顧高古不入吳生一筆

目睛骨髗本自天性兹圖衣帶當風儼然吳法也　昔來題識頗分明强記深慚爾正平今日磨礱已如此波濑苔侵塡石髓觀河皺面事堪知秉燭休辭二三子歸與歌嘯擊兩船中流不怕汚蛟涎道旁拍手亦任爾辛苦何須更辨顛

冬日同黃大登冷然閣

爲愛樓前繡作堆登樓莫厭一千回水當雞瀨山前直人繞羊羣石裏來烏桕似嫌霜色淺碧桃渾帶露痕開

樓前小桃一株已試花　信知靈境能娛客特遣春紅照凍醅

九芝草堂詩存卷第二

九芝草堂詩存卷第三

臨桂　朱依眞　小岑

讀金壽門農冬心居士集漫題四首集係手錄付其女者此乃傳寫本也

春雨桃根與不孤淮南久客雪盈顱吟成洽字同狐穴

快語平鐫董恥夫

詩壇鷺鶴列成行樊榭偏師亦足當不爲少微星一語

因何隙末比汪王

隸古魚蟲光陸離囊中骨董自纍纍石經應有中郎業

秖此殘詩付女兒

牘尾裁成飽蠹魚竈煤狠藉費分疏秋蛇春蚓誰傳寫未似陳公堆墨書

南溪病酒

三日不見黃叔度皺面籠東異平素弱鬢新添陸展絲漫膚頓減張蒼瓠聲低氣澀秋後蟬翼戢頭垂雨中鷺爍金當令暑未退裹幘披綿汗沾汚自言中酒胸膈寒況爾淫蒸腰腳尪搔背何從乞仙爪折枝宛轉須童孺漫誇醲肉久不敗到此空嗟覆瓿布每嫌戶減羞對人擁鼻但吟止酒句我非和緩解此意未可詆諆麴櫱誤壯夫一飽愧侏儒衮衮功名付纖豎大材濩落無所施

如鬖鬖足鳥投篘致令憂氣損天和拂鬱輪囷欲誰訴
金飈薦爽報秋信恰好詩幽曳輕屨托足雖無避債臺
質錢賴有長生庫便當治具約歡朋桑落新篘盡謀婦
相佯何處汴牢愁十里城西紅葉路

南溪病中學絃索

中年哀樂苦相遭企腳窗前興頗豪起舞端宜渾脫帽
致身羞問鬱輪袍偶然寄意同稽阮豈必傾心事段曹
老作伶官儂也願胡琴相對市樓高

同南溪游雄山巖

山枕江流光豔奪雄翡圓圞削瑤巘宛轉通地脉水

洞生氷棱陽巖暄老卉向疑鄒陽過不爾亂律緯遙遙天水宋攘瀼蝸角魏精藍刧灰平游客華衮貴迺知古長亭駐檝此餞慰折柳無餘枝江聲帶餘唏如聞陽關闋朝雨灑清渭更稽雉亭跡天柱事髣髴特念靈休兒奮翮脫羅罻攀躋遂極頂纚屬殊可畏不知鴈宇廓但覺目力費千層楓栩林紫翠融一氣斜陽度水來快覯得所未下山後歸禽夢想烟霞味

閏十月二十五日同南溪游中隱山返飲佩璺山房

猶是西湖水別支當年清宴習家池南荒定有新亭泣

北國惟聞趙璧持甯不湖郡守膏肓誇啖蔗呂愿忠游中隱詩序甲戌季春七日游中隱巖山水膏肓之興未已後兩日至新洞所見愈奇眞所謂倒餐甘蔗山僧管籥少編茨張維詩付與山僧司管籥蓋山有寺今基址不可考矣最憐邱壑遭蠅點爲問秦城王氣詩普光洞一名呂公巖以愿忠得名愿忠郎賦秦城王氣詩媚檜者甓甓憐君困不支濠梁有興坐移時楓明殘港眠鷗穩日煖平沙戲犢宜築堰功存田百頃張維築斗門以灌西湖方信孺築堰閘以通癸水今隔江諸堰其遺也放生名廢網千絲南軒放生池在西湖曰歸更指天隨宅得意還參玉版師是日食靈巖笋

南溪攜游中隱詩見示欲以此山畀予因用韻奉謝

熇晴已兆梅花風雞肥酒熟誇歲功得且過擬號寒蟲
翩然屐躧欣黃童袖攜隨珠擲向我文心賦手何玲瓏
洞天割界吾豈敢地以人重寧鑿空遺識周子北山北
更鑑謝傳東山東已拌林藪稱小隱百年麤糲差自雄
任山但當辱以愚有泉亦當辱以蒙耙犁畚插請從事
丹鉛韋擿誰能窮仙才俠骨有吾子前身海上傳壺蓬
佗年分司或借徑上揖白傅名爭隆中隱大隱隨所造
爲君留此蒼玉叢軒渠抵几應首肯舉盞一笑春融融
陳人地界占何益草堂今已非盧鴻獨愛新篇發光怪
心肝脾腎供鐫礱醉書畫肚辨蛇蚓至音入耳諧商宮

我詩蟻蛭恐壓倒頽唐兀突凌衡嵩囁嚅袖卷不敢出往往面頰生羞紅謬相推詡涉訕刺殆欲刻畫無鹽工多君謙退艮有以胡之無弓豈無弓君詩有能事終輸弓人弓語

題族兄篠亭依魯編修校書圖

粵自圖書與浩瀚不可稽漢儒掇秦燼嘉穀粿稗稊歆畧匯品流勗簿乃踵躋四庫充棟平六閣拂雲齊百家倒狂瀾諸經爲防隄揚鈴正孳訛日景麗嵩圭奈何箋傳淆一途闕千蹊奴主互出入門戶相勃谿鹿角旣云折狗曲或見擠棼絲以求治欲燭誰燃犀伊余蠹書蟲擬引測海蠡苦無曹會積復勘井氏齎摩挲麻沙本鉛

槧何從剸對讐乏兩造解結思佩觿汲明羞綆短不渫
傷井泥有時創新解旋復毀赫蹏將毋襲前賢剿說妨
訶詆夙聞永樂典萬象歸挈提尤多經生言揞拾窮根
柢惜哉闕天祿東壁緣無梯比年重開局文運珠聯奎
徵求逮塚壁大典爲跧罥傭書遠莫能拽足笑向西伯
也職簪筆編校寵燃藜親搜羽陵蠹飽啖齊王雞錮牙
插縹帶錠燭照青綈削謏辨陰陶摽奇識撐犁子史咀
厥華經術覘其倪薛馬沈武儔異代相肩攜繪圖紀恩
遇錦囊負厮奚憶子方盛年袠馬何媞媞珍盤有餘戩
妖童奪金匏宦成反牢落腰折眉愈低立地少錐頴借

車類雞棲一朝搆閔凶窮比牛角飈萓摧泣丙舍曰爨傷中閨古來嗜書人處世多乖睽裋褐掣襟肘塵土生甑窐子窮豈坐此愁蔕深腹臍不見新少年憾車驅黃驪學如虞姬聳鴈塔名空題尖頭獵膴仕癡腹噉肉鬻羞子阿婆面粉退成蓍藜詩書與名利二者難交締以爲求所欲南轅趣北鞮不獵室懸鶉不牧犢生羝種瓜焉得豆伏卵焉得鼙曷不哺其糟抱卷聲酸嘶既羨抑以憐爲子笑且啼子毋嘲土梗吾方嗜芹醯詩成輒嘔噱起覓氷壺虀

餉南溪

黃鐘聲氣元一本生萬吹二變雖乖倫還相終不離聲詩根律呂代降同一逵古王重風謠因識元化推彼十五國風正變各以時仲尼慕徵招蘭猗啟湘纍漢晉異裁翦唐宋紛爐錘血脈自有屬皮相誰能窺肥噉江瑤柱醲厭牛尾貍味異適口同那得相謷呰拘儒不通方曲說日茅滋謬劃鴻溝界逞其挈瓶私置身萬仞淵仰眛斗極移咿呦發雌聲聽熒訝侏儒世無介葛盧茲音諒難知長河敝一曲俊口嗤馮夷欲攜金椎柄竟往扛其頤黃君斲輪手品邁牛醫兒夙參正法眼妙諦文殊師我將從兩甄未敢當偏裨嶺海阻聲教正始端在茲

趨來瀰水旁着涼懷古思意補志乘闕匪以捃拾資青
蠅閉黑白至寶無磷緇常恐外道熾蟻穴長堤隳寶燈
影幢幢天籟鳴熙熙鳳凰不世出烏覩嶰谷儀朱絃希
賞音三歎爲予悲辯舌胡可宛慷慨成歌詩

歲杪病中讀杭大宗小除簡何監州詩戲用其韻

簡南溪

臘寒殊未退連陰變春姿衆醜乘陽和緊我難奮飛自
分技倆窮詎謂造化私方今困泥淖所幸脫馬羈屠龍
藝空名章甫將焉資出門苦障閡閉戶還喔咿無褐可
卒歲有琴且絃詩爾來重負辱側臥着江湄蛛絲罥閼

橛塵無雜門戟豈復思騰驤聊以養創痍顧此貧病加
仰頭向誰嘶不見稻粱滿寧許鴻鵠啖飲啄嘗信天竊
擬號天隨瘦肩日以竦瘦面日以黧著書仰屋梁遺形
據梧枝瓶盎屢告乏妻孥頗號飢更憂索子錢何從乞
鄰醯充耳不可堪煩言莫之治面朋復掃跡絕援類奔
黎獨念無雙黃譚藝稱吾師每來坐清晝不厭塵柄麈
屬和相沓複苦聯鬬險危聒霆肆砰訇掃電無留疑將
扶大雅輪逿恤聾鬼喑獨慚螢爝光輸子河漢詞願當
爲雲龍上下不相違願當爲笙竽律呂相互吹閒藉砥
礪功稍發頊鈍輝頗挾詩膀肛頓忘室盈虧既嫌菽篪

陋兼尙蠏屐怡訪古定圖經尋山繘輕綦放浪寰宇閒

匏尊得所施挾旬稀過從頗怪蹤跡衰將謂淸流憚不

信明鏡瘦爾聞抱同病積逋勢莫維束手顏索瑟擁爐

裘髮鬅雕肘在籢鳥進退觸網糜乞食鳲鳴嚇索餌兒

啼婗難避周赧臺空臥王章衣蘇瓊但結舌元謨不伸

眉羽可逃高天鱗可潛深溪今子曷云逋白晝掩山茨

運甓墐廠戸登樓絕其梯撐腹止文字充囊賸珠璣悔

不事錢刀早立尺寸基遂令九苞鳳跼蹴同山雞振振

意莫平惘惘惑乃滋刺繡輸市門斯言不予欺俗傳富

可求竈觚當專祠介茲臘鼓鳴靈侲降皇祇繽紛露孔

蓋彷彿閃桂旗爭爲老婦媚競餞司命歸念兹五祀一
那死神明依徒歌無羊什求福將焉封街頭長者兒氣
倓壓人低頰胲有同情耳目豈異司高軒過厦屋駿馬
如怒獅悅耳菭華音沾唇金曲巵茜錦張高堂紅毹匝
連篸彼將潔肥腯愿欵結神知我思神正直不合婪酣
癡胡爲寶碔砆土苴視珍琦矧兹秉炎德明豈謝舒義
鑽燧改以序顛鼎理可窺當時炙手熱轉盼事已非請
占出否懼足慰行塞悲有人從蜀來爲我誦邊陲云今
值饑饉䲭戶多逃離薪米變珠桂鵂鶹化魂屍胥吏肆
爪牙奴僕垂冠蕤昔時稱豪右今日皆陵夷昔時結䌹

門今日蒿萊披昔時連雲甍今日櫨欂漂豈惟傚卭僰
亦復嚴王師何當貢賨布指日鐫雕題行聞厭鋒鏑大
吏煩謀諆爾我賴帝力安居養天倪縱使乏庚癸冀可
效叔儀死田免徭役遇酒任滑稽窮達等覆手得失故
多歧齒角各有恃指掌誰能齊方頭少媚骨凍餓亦其
宜餘寒慎堅忍噤痒言期期首春倘融和一領黃綿遺
南城去尺五策杖當先之阡陌揚軟塵巷曲乾雪泥條
風被面來醺然透膚肌瘝痒渙然失痺瘃寧待醫照夜
銀燭焠馱嬌細馬馳褭幄蝶作團柳衙鶯並棲百花漸
姹婭宴會其庶幾穠李寄瑤情夭桃呈粉頤相將擷芳

華無爲歌病梨雖之行廚供但取白榼携昨者瀘賨文
僅易酒兩瓻未忍敝畢甕留待子把持汪洋海若談快
我拊髀思箯笳縱雙鳥騫翮兩提提南溪春水生江檻
對玻瓈毋尋四脚盤著一色黑棋養痾坐閑房贅筆當
遨嬉氣骨旣骫骳邊幅費撑支寄子破孤悶侈同金帛
齎背垂瓊瑤報匆遣鱗鯉遲幾於溺者哂終恐笑口諦

丙申元日

觚棱遲日正曨曨扇體溫溫第四風炎海易教迴煖律
羣花尚欲費春工占雞共驗湘天霽歸馬欣看輦道通
身是老農歌

帝力料量祀酒答年豐、

咀蝨

有物蠢動蝨其名匙頭橐腹琵琶形飢如糠粃飽垂櫻細者毫末纚珠瑩橐鑰一氣毛髮萌朝生暮孫逮雲仍抱者負者誇添丁下趨褌中上冠紘衣縫櫛比夏屋栟曰臣曰官從所稱相鬢御覽恩榮經鷺行鴨步寧貴徵蹣跚勃窣胡旋輕蝨歟蚤歟歃血盟二蟲躁進示僄勍屯師墾地爾最精如趙充國善用兵跖香回臭無渭涇嘬膚鹽腦脂膂爭附體得少葭莩情濡染人氣含血腥居然鬼蜮相伺偵貪婪侵蠹邦有刑撲殺何至諸天驚

安得飛衞麄懸檽角弓蓬矢射猷鐲天生爾族亦繁盈
牛膺狗耳逼譜行復有封豕臥齊彭奎蹄曲隈乳股平
廣宮大圍擇地營凡有血氣皆孳生書生雞肋鶴骨儜
咀嚼尠味何硜硜棄取得無失權衡少女風動鬱勃蒸
白汗淫涇思祼裎抖擻布被緣蓬纓探揣攫撮爬搔攖
對客背癢顏發頳逼夕不寐類嘈𧓯膠擾漏盡神昏瞢
夢飛跨天叩玉扃虔劉殄滅徽衆靈青雕鱗甲唯爾憎
素威深溫毛革矜戢角帖耳助莫能帝憫我惷誘我明
妖由人作宜自懲月不沐衣敝不更闌單疊垛穢弗聲
此曹巢穴狐憑城湯沐雖具旋踵輿汝盡祓服紈與綾

三薰三沐席香薿修整床褥細毾㲪毿毿自無隙可乘
言訖嗒喪心未平我豈矯情學嬰弘天乎不諒空觸振
䖵蜚爾且恣從横

再叠除夕詩韻簡南溪

駼驤逞獨步疥駝無媚姿斥鷃搶地止游鶡薄天飛二
者一相形工拙難阿私惟兹駑駘質九逵謝鞭羈室無
名山藏產乏中人資露下鶴嘎嘎候至蟲咿咿耽吟學
釘餖衍帙類籤詩頻年走餬口弭棹三江湄陬隅習獠
語紅豆記蠻畿毋防韈底辱竟體成瘢痍歸來暫跧伏
郤掃但饑嘶稍結翰墨緣不厭藜藿嘰陋比蝸角蠻大

豈漢東隨肝腎苦雕鎪顏頷愁黴黶元蟬抱枵腹枯吟
據秋枝難療嗜痂癖甚於聞黍飢但憾見天小蝨蚋守
甕醯君歸喜雀躍詩魔庶砭治譬諸籍與郊拂拭俟昌
黎敢陞粱挑戰恐朝夕致師寧有橫磨劍漫以螯弧麾
望子肅肅軍顧我竊竊危奮然操觚往中道毀牘疑鐵
障難固匿攘臂任黥嗤骯髒黔驢技謭劣黃虀辭字句
工疊垛首腹或乖違牧笛信無腔齊竽多濫吹盈把魚
目珠都無一寸輝秖求棻把瓮若恐積貨虧鰕鱙何足
奉醋芹難取怡詩筒遣雙鯉竚想空谷棊豈意干鏌鋙
頃刻瓊瑤施八乂才較拙三鼓氣弗衰手胝口流沫萬

遍讀忘疲或如媧斷鼇神功立乾維或如獅搏象全力
怒髮鬅鬙或健如擊鶻或捷若射麋唱聾百丈耳霆震初
生娩宛著縕敝袍參立狐貉衣匿能謬推轂欲畫混沌
眉㸑予本荒陋釣碣臥寒溪秋霜淡芭籬春雨滴蓬茨
讀書唯淨名焚香守戒梯豔想絕環釧買歡乏金璣身
非富川隱宅異瀼西基妾不衣逼帛妻工烹伏雞毎攜
嬌鳳雛頗憶芳蘭滋生男古有術照井疑或欺轉瞬乙
鳥至竟欲高媒祠爲祥訊占夢衍慶徵靈祇羨君安樂
窩文史爲衷旗分甘清夜娛割肉社日歸鴻妻擁衣坐
驥子遶膝依錯著水堪飲纏齒羊可封春光寫翠樓山

眉十樣低獨憐參昴行抱衾荒職司胡爲瓦窰廢邱嫂
非吼獅十年屯二貞虛設無當巵何時見阿奴承歡坐
堂簃連旬社公雨春事行可知淋漓苦天漏蕭兀如蠅
癡忍將一刻金擲等泥溝琦術窮禁丙丁蔓穩尋皇羲
洵非葺生儒有目圜不窺窗前桃李花強半顏色非泥
滑竹雞怨草長啼鴂悲遙想白蘋漲直到南溪陲芳洲
荻芽短夾岸青離離人家在明鏡波光何閃屍水楊逗
啼眼溪桃吐紅䕷縛闌養花鴨浮艇載鴟夷儗拏泛剡
舟乘興書帷披詩壘難遽摩愁城其或隳閶挾青鳥術
匆匆如餅師春風二十四一一當品題行樂貴及時古

語非讕諆已邀荷插劉復有帶經倪無事小神仙請掾
十賚儀流光下坂輪富貴絡絢綵早釋牛尾勞毋懷鼠
首歧林閒把臂人四五肩相齊花塢行入畫芳茵坐偏
宜禮法謝未能稽阮相與期務令談諧暢并此形骸遺
伴問伴對耳妄言妄聽之越酒泛黃鶩建茶印白泥鑵
龍燒玉版菽乳烹瓊肌逡巡憐老羌渴疾不可醫夙聞
酒泉郡恨少明駝馳竊比由噓噓較勝孔棲棲署名釀
部中浮拍其庶幾毋使逢麴車垂涎與朶頤我本愛茶
人嗜好別查梨一肩都統籃茶且厮奚攜穿嗟覆醅布
應笑垂井瓶盧拘陳張輩長短烏足持倘借三日晴稍

散鬱陶思更踐隔歲諾尋僧叩招提春雲颺輕絮湘天
展琉璃佳約屢齟齬有類格五碁盟寒罪有歸那得同
兒嬉春衣不須典酒債尚可支塵氛少屏當先以尺一
齋競病一再押枯搜無嫌進自無幸毗忍慚愧諸葛詒

白桃花

溪邊日日見紅英一種東風倍眼明天上玉衡初散彩
人閒標李浪知名香聞雪癖盈盈面露井春浮澹澹情
彷彿環兒新出浴豐肌端不讓梅精
昨夜風吹蝶粉乾五陵溪水鏡光寒瓊壺不聚胭脂淚
獺髓全消琥珀瘢前度劉郎尋易誤舊家根葉眼應謾

鍊顏自是瑤池客葵麥休教一例看

枕上

𦌾歷春陰暗四簷風雨聲不絲枇頰鳥嗔道未天明

小寒食掃墓北郭

出郭家家祭掃來紛紛紫陌寓錢灰竹林晴色呼鳩婦麥壠春聲起雉媒往事龍蛇悲冷食何人妾婦笑餘杯茅柴莫惜播開醉魚鑰清時向晚開

春柳

無那柔條惹麴塵也隨烟景一番新天邊屈曲星偏映日下霏微氣乍均長袖當風應善舞蛾眉遭妬不曾顰

從渠瘦損精神在酷似溫然藴藉人
澹淹輕盈致頗饒似憎穠李與桃夭那須碧玉圍條脫可要黃金琢步搖閱世慣垂狂客眼當門羞折主人腰
留鶯待燕紛無數顧影亭亭未易招
傾敧休恨寵光偏葉葉枝枝雨露鮮但覺東風眠未足
不知花事向誰妍隋堤古色經千變灞岸斜陽盡一鞭
莫與閑人管離別幾回晴拂釣溪烟
綽約猶能結晚陰爲誰憔悴到而今三春思婦高樓眼
一笛征人故國心邊塞飛花空作雪御溝垂線總如金
風光縱度關門外不及依依老漢潯

閑居感事

春來日日鳥聲亂嗜睡眞成無眼禪開了櫻桃飛了絮幾人不負曉鶯天

天上烏飛有底忙才過細柳又扶桑可憐夸父追何益依舊朝朝到苑牆

侈說尊空北海憂更無車轄次公投卅年寂寂都堪笑幸免比鄰目鬧侯

閉戶寧分雨舊新頻來瓦雀號佳賓門前縱設漫天網不是尋常逐熱人

族兄桂山純士招賞牡丹

嫩日輕陰畫檻前麝薰濃透碧油天風光頗似慈恩院
裘屐紛紛接綺筵
南北爭誇土脈强丹延青越細論量天彭漫學西京樣
灌水由來小洛陽
判白批紅種類增銀屏小字記無能使君幾載夷陵任
歐九遺編續未曾

小除

四序將更始芳華色色新柳驚殘臘眼梅報隔年春白
少羊求福何須鏡聽人一杯酬節物無復請比鄰

初三日雪

雲物新年兆歲豐喜看飛白點長空迓留春事三朝雪
忍耐梅花一信風連曉鷺鷥聲漸急粘簾蛺蝶粉初融
貧居只有煎茶樂熨炭堆爐火正紅

題李南澗文藻司馬噉荔圖

嶺南稱稻田百果斯繁叢丹荔稱右姓爲果不祧宗橋
櫃寧鴈行楊盧趨下風樓羅數十種畧與閩譜通新興
最卓絶雖小香味醲臭臭鑾女鬟粟粟金釵蟲增城具
別譜張宗閔有增城荔支譜見通志掛綠尤稀逢荔浦誇香山貢比南
鑾賓芳腴難遍嘗月旦將奚從炎州四五月爭買晶丸
供珠娘打槳來果欄日曨曈傾筐選以鼻一一香露濛

絳房試輕觸瓊酥旋欲融一嚥渴肺潤再嚥顏色充何
須啜楓亭已復輕瀘戎司馬南中來齒頰餘香紅高情
托毫素意匠飛鴻工團圞黑葉林磊落青絲籠枝頭十
八娘樹底三尺童快剝一千顆不妨廢飱饍或言果信
熱偏嗜乳石同囂囂類讒口浩嘆貝錦蒙瀕海富珠犀
游者咸熱中因之讓佳果佳果義弗容我公厲廉隅不
異足穀翁愛茲冰雪團貯以冰雪胸昔我去南越長辭
尉佗宮維時長風至五兩吹青蓬十里津門樹一色胭
肢烘倏忽近五載道遠艱郵封披圖食指動有會吾其
東題詩當說餅懊恨成匆匆

哭家青雷

與予十年別豈知成死生日斜飛鵬鳥天末是神京六尺遺孤在千秋典籍名竿魚終蹭蹬事業類宣成

記得蘭煤爇沈瀾燭影滋詩歌眞勁敵圖畫亦吾師不信斯人死猶將肆力追淒涼留粉本一展一相思

城西秋氣爽策杖共登臨草草龍山會悽悽峴首心殘碑空墮淚短樹欲成陰魂魄可能到其如湘水深

年少西園客春華早見知應留成鬼物風景說南皮遺集猶藏篋還家無立錐主人恩義重身後不須悲

仲也遲京國書來道爾安何時感霜露一旦降金棺瓿

布終疑酒奚囊更鏤肝空慚腹痛約抔土可曾乾

九芝草堂詩存卷第三

九芝草堂詩存卷第四

臨桂　朱依眞　小岑

題南潤司馬曝書圖

人生識字憂患始奚必營營鑽故紙灑削胃脯獵膴仕蒼頭盧兒數千指身後名如杯酒耳先生讀書官閑曹飽嘗瘴雨披黃茅蛟吞鰐噬嗟弗及賴有文字驅貪饕隨身萬卷倚爲命史瓠經椳交相映浩浩落落短檠咏黎生二樵簡著筆寫遒勁圖中貌出搏象獅怒髯繞頰何之而鑫衙放罷尠公事游絲白日當前墀手檢牙籤開秘笈白足蠻童抱書立驕陽烘透蠹魚粉梅潤蒸回寒

具浥先生借書舊有樓未肯狻猶同荆州捲腦折角不待囑破厨胠篋誰能偷竹垞當時八萬卷曝書亭中樂遲晚窮愁著書足排遣餅師匆匆復誰辨古來斡吏亦有術繭絲鉤距能事畢先生讐書自塗乙榮華過眼飄風疾縵若若兮印纍纍何似琅琅商頌聲滿室瀏陽作令三年居奏刀恢恢仍有餘經術緣飾無不可焉用司空城旦書

題南澗自書近作冊子卽用冊中觀音巖韻

髯翁驂鸞游南來等行腳偶飛赤縣爲一欸青城鑰滇峽摩天閶天光耿餘熸烟中二禺君俯仰揖且諾瀩洄

不可極乘興一維索搴雲探佛窟昂脰延遠廓千尋犀
潭水幾點香爐崿詩情淡無與夢作橫江鶴伊余昔曾
游未踏青蓉萼秋山疊錦屏飛泉濺珠纍梯青憾無具
筋力爲病鑠搖搖沙尾心一夜扁舟閣恨無荆關筆揮
灑坐盤薄薰香味艮篇古調欣有託在昔東海濱邊李
不寂寞方　今王跡起周召所由作載觀蒙泉收卷壓
牛腰槖阮翁張北軍吳子膽爲落猶存愛好名未免天
游鑿翁詩琢鑱手神遇始一削枝葉既篠暢根節亦盤
錯想見一葉帆目送空青矆拂紙著翠生下筆蛇蛟攫
紛敷萬斛烟向我眉際著髣髴湞峽猿哀吟動林壑揭

來桂江濱老勁盤健鶚都無青衫淚不厭青縢縛前身
烟霞客宿負泉石約覬吟三千首魑魅捧手愕惜哉瘴
嶠外垂老信飄泊

歲歉

歲居非火次爾來旱亦甚高田無青草低田失潤浸去
年歲在酉弗協奬酒讖加之疫癘作薄槿不遑錢米價
三倍增一飽力難任柳象賓邕閒死者每相枕田器亦
賣除牛種從誰貸蒿萊久不闢磽瘠無少滲近聞粥廠
開啗者類含鴆困苦乞爲奴逃亡乃連袵入門問來歷
淚下口如噤或稱素封家亦有簪纓蔭百年無此變抵

几爲咤喑達官非不勤術窮莫能禁於悒坐中堂笙歌
且高飲

小錢

白水眞人日貶損肉好削盡無緣褚水衡舊制殊不爾
赤仄新樣誰從分乍看鵞眼纔具體細認螺甲幾無文
凡鉛未就靈藥點薄輪不奈磨礲勤萬選有餘始納賦
一銖尙欠難論斤可憐眼孔如措大心粗不敢穿麻賫
吾聞泉布取通意此物獨異何其屯又疑蟬血塗子母
四境弗踰環飛翁私鑄初無老鼻僞自便更少黃頭勳
吁嗟瑣瑣亦奚至演譜遵志稀前聞街頭父老舉疾首

中有隱恨吾能云不恨青錢三百難買爐邊醺不恨村
社掠得同榆枌但恨佗日山陰走相送無可持奉劉使
君

題順德張葯房錦芳詩冊

番禺都會身曾到翡翠明珠布日南獄市藏姦等閑事
阿誰過慮爲曹參
東國可憐空杼軸西人亦復嘆流離百年嶺外無荒賑
特請毋嫌大吏遲
見說黔黎歌玉蕊豈知鼠雀耗官倉身非肉食難爲計
獨把一尊臨夕陽

何來天上張公子，苦愛裁詩諷世情。耳冷不須聞許事，春風且噉蛤蜊羹。

和南澗病中見示

在昔子輿病，身負五管癰。鼠肝與蟲臂，造物信所庸。生且如附贅，化亦等決膿。毋以形累神，不知痛在躬。翁今困頑礧，魂生其中。顧我三太息，爲我言所從。慨此下民瘼，災疹流賓邕。此事復何預，憂與杞人同。卽今歌雲漢，毒已攻腹胸。洵非手可援，咄咄唯書空。願言保天和，無使心擊舂。徐掬三昧水，盥濯枯槁容。桂酒初潑醅，桂布初開筩。但日飲亡何，聊以卒歲凶。翁乃爲我起，渙若

冰澌淙胡爲一紙書荒誕眞博風地非瓊海遥事類坡
仙窮達人覞生死不異旦暮逢更爲翁解嘲暫死學窜
封神尻幸無恙同曳登山笻

題南澗聽泉圖

奔流詰曲回玉繩銀瓶迸裂珍珠傾天風泠泠挾泉響
都作散序霓裳聲戛工畫法孫太古風水搏激如可聽
翁居七十二泉上兩耳慣貯松風鳴蕊珠森森寶光照
金線瀲瀲斜陽生城西趵突誇絕勝玉龍起陸鞭驚霆
南來庋嶺水源淺但見劍鋩岁崱㟶生棱山農强解聽
泉意田間倚杖看水行今年亢旱溝瀆涸渴人陽燧空

怦怦翁亦伏枕臥禪榻飽聽茶鼎鳴䓍蠅開圖示我露肝膽擬泛竹葉揚歸舲隨波涉流聊復爾未許便濯頭上纓我聞成連舊島在澒洞天籟魚龍驚何時鼓棹逐翁去共聽水樂浮東瀛

南澗病創卽用其移居詩韻奉簡

半畝衡齋不翦茨養疴端與著書宜飄零蠹粉徵殘志狠藉松烟證舊碑身世何妨同附贅文章久已去駢枝鬢絲禪榻消磨裏佗日應傳忍焙詩宋朱弁有忍艾焙詩

哭南澗司馬

東海文章伯南來瘴癘鄉死生眞旦暮神理亦微茫不

信顏波汨應存砥柱匡無端因藥誤遺憾鬢邊瘡
何處與招魂巫咸閉九閽傷心在邕管匹馬入崑崙滌
滌千山淨燐燐萬象燔手援知不可此意復誰言
一詩渾語讖雙淚不勝揮甯子成眞死五月聞君得故人書訛傳君死君作詩見示余和之有句云暫死學甯封盧耽有夢歸君今年有移居詩云歸飛有夢似盧耽皆讖也小亭虛雪片君擬搆一亭曰雪片取杜詩意也北牖掩山霏君病中與余約於署齋啟北牖將同修桂林金石志金石餘殘榻匆匆夙願違
山谷宜州死宗元卒柳州由來一隅地終古送名流力
可文章變民當俎豆修紅蕉及丹荔從此薦春秋

同松圃游定粵寺因登疊彩山用昔人題壁韻

城上浮嵐帶遠岑梵宮高下結青琳湘天北望無多濶
灘水分流到此深桑柘盈川猶滯綠柳楊連岸不成陰
趙州茶薦雲門餅坐久秋涼襲素襟
低徊古色足消閑石磴藤蘿一再攀義士英靈著莽裏
降王功業笑談閒分明佛力開初地窅窈秋聲響四山
立徧西風倍惆悵好將杯酒破詩慳寺爲定南王建明藩亨歎父子及張瞿二公俱死北山下

六咼卽事

橘柚垂黃柏有花笆籬傾側見鄰家荒齋飯飽無餘事
古樹終朝啼老鴉

縛屋青蒼蘚樹皮胥窗零亂蟢蛛絲園林霜後多蕭瑟
賸有棕櫚帶雨披
野鳥當簷㛐欸客青山隔樹欲窺人蘆簾寂靜茶烟細
領畧熙皡太古春

出巖關

千尺危坡萬仞山蕭森風雨出巖關征人北去從兹遠
朔雪南來到此還捲甲舊傳定南王入粵自天旅勁此一夜達桂林封泥親歷地圖艱時清禁弛無
扃鑰多少回車動客顏

望嶽

熊熊朱陵天秩秩覓南服瀟霍充其副瀟湘濱其足九疑爲宗子五嶺實疎族遠脈逼羅浮近支窮嶽麓炎靈赫以治熱屬蠢而育厥上擢天柱厥下連地軸傳聞九向背亡慮千起伏神明旣昭著變化亦忽倏飛揚陣雲來宛轉蒼眉蹙洶湧金在鎔林立矢插箙曳尾狐渡冰攢頭鼇起簇橫觀去堂堂旁睨仍矗矗萬壑紛散漫祝融秉鈴束杜韓昔游歷刻畫難罄竹聞諸山中人靈境怳卽目宮觀凡百區緇黃繁牒籙白雲可手掇危磴觀日浴濟勝惜無具瞻拜空僕僕嚄唶荆蠻民早晏荷神福爾來恣驕佚災沴亦云酷女魃煽兇焰飛蝗肆流毒

百粤已薦飢荆楚靡旨蓄米價三倍增乞丐沿門哭維嶽帝股肱司守等伯牧聽兹民殿屎宰不救匍匐恐是方隅神讕謾慶辰告載下臣同拜籥比昌黎祝似叨岳靈鑒行見魑魅戮和風捲霓旌霑雨隨霞轂遠解粤民慍更慶湖田熟稽首答神貺張翼重起肅

永州

永州山水窟秀麗無其右爲酌染溪水慨然懷子厚黨伾遂罹罪友韓垂不朽慎與古所訓丹赤漆藏黝一麾謫南荒如彼蘭漸滫吞刀刮腸胃飲灰滌塵垢文章畢生力元氣供躪蹂刻畫跨桑酈哀豔匹騷九自甘愚與

辱乃爲智士取何得復何失臨眺三掛手

浯溪

夙慕浯溪遊夢寐鶩飛肱弭節喜在眼爽然如裂繒邱壑旣幽峭樓觀復騫騰載尋漫郎宅擬作塔院僧媥嬔磨崖頌字畫生霜棱靈武惜矯制唐祚賴不崩神器難再移輦故協黎蒸宋儒尙苛論姦僞愈弗勝後來靖康帝生不返紹興置陛下何地賊檜有所乘一言繫治亂君子愼述稱彳亍浯臺巔清嘯隔岸膺翻江返照來古思空清凝

望廬山

吾愛孟夫子始見香爐峯碧嶂逼青鳥晴天倒白龍柴
桑處士宅蓮社法人宗掛席喜相值杖藜誰與從

池州道中清明

飛榆插柳酒浮缸客思當前未易降風翦蕪痕開夕照
帆回天影逐春江新烟故國八千里寒食扁舟燕一雙
不識梅根浦何處九華依約在蓬窗

蕪湖

隱隱高城塔影孤遥遥荻港接蕪湖湘鈎染淚人憑弔
青蓋蒙塵事有無運去伊誰畏劉禪江流終古怨蠻奴
秖知地到崖山盡一代興亡竟不殊地有孫夫人廟

泊儀徵

餳香粥白曉鶯天紅豆烏絲記少年今日眞州仙掌路更無杯酒酹屯田余少時有弔柳雜劇

過寶應

甓社湖連白馬湖湖光上下簟平鋪都來三十六湖水鴨綠浮天岸有無

菰蒲菱芡影交加網罟修鱗屩漉蝦俛首田廬出堤底此中眞個是浮家

垂柳垂楊一色春柳汀楊岸碧無垠家家艇子繫門外楊柳花飛不見人

淮陰

長堤短堤皆月明有客把棹淮陰城王孫不歸芳草綠
荒祠雚藋跳䶂鼪昌亭旅食難一飽垂釣豈在魚蝦腥
當時君臣有同慨邸嫂轑釜封頡羹折券武負亘不易
進食漂母尤堪稱一朝三齊假王立丈夫圖報千金輕
胯門贅壻爾何物奇計遂致盧鵲烹惟侯不恥辱年少
伍噲何必羞韓生始知貧賤易屈辱既貴盛氣誰能平
半生飢驅裘褐敝寂寂怕見人中英烏鵲南飛月照水
麗瞧人靜催春更蒯緱彈鋏仰天咤船頭落落參斗橫

馬頭道中大風後見月 按此首當在第五卷滄州前誤編於此

蜚廉奮威勢拔河靈艘載鼓波催波驚沙隆隆攪黃海
駭浪鬱鬱迷陂陀低昂但見纜尾掣噴欲似與船唇鬪
天津津亭三十座浹旬未半仍蹉跎纏身坎壈要如此
束手其奈揶揄何晚來風定放艎看浮雲掃淨錦兜羅
忽驚鴈字白龍掛卻是蜃氣青銅呵奇情異景罔不愜
欲把杯酒呼纖阿人生暢意會有在叩舷且發滄浪歌

糧艘中覆板多罅雨下如注床榻盡溼戲作解嘲

大厦千間計頗疏坐前一席已全虛緼袍寒類秦廷立
綀被痕成魯國書篷背慣曾聽滴瀝木天渾不耐沾淤
癖多寧免通人笑七字吟成興有餘

宿遷

昔聞下相邑今過項王里重瞳與何暴晝錦端在此獨將八千人卒雪三戸恥滎陽疲奔命垓下實天耳徘徊濉水旁壯士髮猶指不見芒碭雲雄圖逐流水區區徐鳳閒歷歷數天子宮殿禾黍暗陵寢牛羊觝千古雍門琴淚下如清泚夫君復何憾憤魄艮可已飄零書劍游惆悵荒烟裏

過梁山二絶句有序

梁山濼在東平陽穀閒濼水已涸通志謂宋江等曾保此者殊無所據按通鑑稱淮南盜宋江掠京東諸

郡注謂江起爲盜以三十六人横行河朔轉掠十郡
雖未明言其巢穴其起於河朔熾於淮南甚明故稱
淮南盜及覽癸辛雜識載龔聖與三十六人贊有敢
離太行語然後知江等常據太行故能横行河朔也
偶憶阮亭稱邱石常有過梁山絶句戲作二首并正
其事

放棹梁山濼口經黃雲二麥布郊坰不知誰踵荆舒議
瀦水屯田相地形

太行脽脊連河朔青犢萑苻嘯聚多賴有弁陽傳稗乘
何人囈語信施羅

聊城

魯連下聊城一矢勝飛衝乃知豪傑事不出商賈胸長辭齊王爵永謝平原封豈惟恥帝秦目已無羣雄俯視羸輿輌瑣屑眞沙蟲黃鵠猶可縶此獨不可蹤至今東海外白鹿或能逢誰云子飛兎吾謂子猶龍

對景

岸積多白沙林樾何宛宛飛雁接翼下知是前村飯蒲劍冒水齊柳線平堤畹一雙錦鸂鶒意思閑且遠澹蕩逐清波游倦自知返客子艮不懌含情憶蘭畹故畦荒碧蕪猿鶴怨遲晚遲晚復何爲蒼蒼隔湘沅

花園鎮阻風因謁方公祠（公諱□□，桐城人，方正學門下士，官四川斷事，都司永樂初不肯署降表，被逮自沉於此）

逐燕逐燕燕高飛，劉氏未安晁氏危。金川門開夜流血，湖海飄零半邊月。處人家國艮不易，豎子竟敗乃公事。成仁敢辭十族累，南董春秋嚴一字。都司忠義出師門，臨危授命古所敦。可憐爪髮楚何處，秖今潮打胥江魂。我來泊舟風雨急，河豚初上蔞蒿碧。槿籬茅屋對荒祠，萬樹垂楊烟縷直。臨風憑弔重咨嗟，野鶯啼落棠梨花。獻門靖難功何偉，不見長陵春草委。何如名字照汗青，行人墮淚豐碑底。

翁覃溪方綱學士購得東坡天際烏雲等帖眞跡
後有虞道園柯九思題句手臨一本贈周載軒厚
轅編修周以見示索題即用柯韻

高駕顏楊臻墨妙卻言作意似端明平生戀戀錢家迹
不抵浮屠桑下情

歆傾著腕無人會諸葛雞翎信指尖便道環兒欺燕子
可能肥瘦一分添

文章黨禁事堪驚二鳥埋頭剪翅翎墨寶蘇黃今日罕
任源三百刼灰經

雪衣娘去褪糚紅嬌語頻迦慧性同多謝俗嫌陳太守

層臺珍重落花風
紛紛碁壁碾香塵定碗花浮顧渚春鳳餅龍團總輸卻
信知佳茗似佳人
秃翁飽喫惠州飯儋耳重回過海船若憶古杭歌舞地
不殊青夢蝶娟娟
漢庭老吏踵坡公字字秋蛇筆底風目疾未因穿馬尾
絲欄依約霧花中
跛筆難追嶺海魂精神拇指倩誰論補亡束晳何人辨
親向飛來剔蘚痕翁曾補書坡公飛來寺詩
兩到翁家認押花再題周字亦堪誇煩君更問邢和璞

何似簷前雨滴沙

咏猫用坡公岐亭韻

雪裏小於菟聞呼仰唇汁金尾拂塵暗銀毫經吮溼念汝出蓬窠裏鹽聘難得書齋罌盎空鼠將非所急愼勿捕蟬蝶貪饕到雞鴨飽食無一事蹁躚戲簾幕曉坐秋花石暮宿殘氈赤嗜廉但豬肝戒殺屛鰷白秋風入夜來策策欺裏幘夢尋佛燈前遑問穴鼠泣長宵溫足眠俾守醉鄉鈌曷必覓燕玉展膊媢遠客笑謝幽薊兒從渠狗馬集

京邸中秋讀查初白鹿城此夕次東坡夜字韻二

訂因疊韻呈秋岑

浮埃淨盡刀斗鳴月色偏宜禁街夜佳夕虛逢龍額期青天彷彿蟾蜍下忽驚疎雨河漢外錯疑涼露珍珠瀉漸看薄翳雲散緺時吐斜光牆似亞秋來鄉思密如髮一刻消歡亦難借分無歌管夜深催稍喜冠裳揮手謝經年京國本無意歲月奔車不遑舍游情何異頻嚼蠟世味全非倒餐蔗閉門卻掃㝵得計觸手可熱終堪怕騷髮從教頭㝵責有鬼休令腳供罵

我似欒城別坡老五閱㝵宵逢此夜東坡中秋寄子由詩六年逢此月五年照離別余與秋岑亦別五年矣莫嫌渣滓混太清且辨深杯傾若下

宵分索瑟半臂寒坐久洗瀾銀燭瀉粟玉新爛栗房脫
香膏乍啟車螯亞畢甕蟻浮未要沽阮囊錢澀猶堪借
倚處無須徑開蔣蓼池喜有詩聯謝獨憐秋信寄鴻鴈
回首白雲懷子舍堦前童稚索瓜果月底杯盤羅芋蕉
故園節物渾在眼萬里關河夢猶怕何時歸棹掠衡湘
毋待移文來訕罵

朔州

一宿浮屠義不忘蔚汾留滯一年強關榆飛筴塞初煖
朔鴈度門天又霜芍藥重開新別恨芙蓉四面好嵐光
桑乾河畔頻回首眞覺并州是故鄉

九芝草堂詩存卷第四

九芝草堂詩存 五

九芝草堂詩存卷第五

臨桂　朱依眞　小岑

廣武

馬上仍披五月裘，塞垣風景似殘秋。當年想見强兵聚，此地曾經策士游。四王會由來紛内外，陽和今已化鷹鳩。書生自恃

皇威遠，枚數單于小隊游。時遇蒙古百餘騎，皆赴五臺進香者。

繁畤遇風

我家遠在迴鴈[illegible]，意行直過鴈門北。鴈南鴈北不到處，而我棲棲不遑[illegible]。地爐陶穴異居處，[illegible]麥胡麻殊飲食。

未能枳橘性情變聊復裸裎習俗遷人情大抵有參差
天地猶然分畛域岢嵐雪飛五月寒繁時沙驚六幕塞
初看蓬末轉羊角劣比宋都迴鳥翼紛紛冰雹笠有聲
黷黷金烏光不葩縱勒全憑馬識途瞋目焉能手擿埴
胸中一斛泥已滿面上三斗塵難拭忽憶鄉里富家兒
一生處女不踰閾養成肌膚似冰雪何至胼胝履荆棘
夸言壯志在弧矢未免羞紅動顏色豈不懷歸馬少游
車輪生角那可得

靈邱城李存孝故里

道出靈邱城城郭半荆杞豐碑道旁矗云是義兒里唐

家日月幽不明節鎮酋後外重成親軍養子示恩信武夫悍卒傾朝廷朱邪板蕩驕莫制獨眼龍飛雄蓋世生兒亞子良可已蜾蠃之祝毋乃贅安家牧兒好身手僚鶻脫絛鷹在肘一朝走檄愈頭風轗裂何人惜功狗立苗非種胡可酋後來吞噬無時休管絃邱壟李天下兢吉烈來艮有由四君三姓絕天紀宗廟雖存享非祀遂令馬陸尊南唐正統遙遙猶繼李盧陵特傳亦僻愚不然此輩秖常奴可憐委鬼當權日藍本流傳到士夫明史有閹黨義兒傳也

代州弔周將軍歌

鴈門城摧陣雲黑欃槍掃地傾西北天亡已見澠池渡
巷戰俄聞太原赤繡幡銅馬何紛紛燎原弗戢崑岡焚
男兒死耳南霽雲撫膝不作降將軍轉呼轉戰弓矢盡
槍急身輕猶陷陣脫幘爭知有祖爹兔胄何辭一身殉
將軍戰死明社傾耿逆長驅薄帝京柳溝不閉北門鑰
守將誰爲萬里城塌來策馬窮趙代斜陽直下孤城背
舊壘曾傳娘子軍前鋒想像孩兒隊更憶尙書白谷孫
同是血汚萬里魂焉能比屋同祠廟歲時伏臘供雞豚
邊隅偉節殊不少牛盛諸人皆表表殺青自可垂竹帛
埋碧甘心委秋草沙蟲猨鶴今成塵嘆唶猶悲行路人

是誰卻賣盧龍塞汗簡新添負貳臣

遊萬柳堂

季秋風日陽和參城東勝迹期一探荒傖不挾兩狗緣駏蛩壓倚人成三車輪詰曲記坊市藤蘿彷彿開精藍豐臺萬柳焚刼火佳境襲取名無慙畏吾昔受孔子戒此地獨有彌勒龕佛輪支柱力豈拗百年鐘磬聲䶫䶫平泉花木海棠在當窗想像環兒酣萬條烟縷誰剪芟幾絲秋影空鬖鬖危樓傾楯一撫拍西山漠漠送遠嵐梢溝爲池緬遺跡螺甲一捻波心㳽蘆汀沒踝淺可渡惜無鴈齒浮萍薄當時禊飲集名下至今燭淚留餘馣

承平宴樂比盧趙往往膾炙故老談彼九尾狐殊可笑
幗巾落地非素諳優游布政古所訓盛事在眼悲華簪
長安輭紅三十丈肩摩轂擊何趨趣捫苔剔蘚有偏嗜
譬如食蓼蟲獨甘我時方抱畢栩痛時遭仲兄秋岑之喪感慨詎
止雷與儋風流頓盡艮已矣攀條折幹情何堪蕭蕭秋
雪望無極旅鴈一一飛向南歲時超忽等炊黍舟壑潛
易趨而擔焉能白足禮迦葉短衣埽壚師住庵垂楊生
肘了弗覺瞬視今古齊顏耼

家鏡雲依炅弟見和參字韻詩並題拙畫因疊前
韻奉答

天龍指頭未易參畫禪墨妙誰能探樹枝不丫山沒骨
形失六七才二三䕭材頗悔費紈素師法那可分靑藍
揮成荒率輒棄去醱蕟欲見心懷慙秋林行散訪佚缺
幢燈焰冷苔花龕喟然弔古發深慨作歌正類老婢饀
意長幅短有不盡墨汁想像金壺酣也知化境本寂寂
畧掃醜樹形鬖鬖縹緲紺㮚難彷彿瓴甓腐碎吹毗嵐
謝公伎樂石家樹但賸積潦秋蘆涔粗存梗概紀游跡
常恐漂忽水上蕈吾家惠連稱靜者香句如觸薝蔔馣
書眉混沌艮足愧似欲侈作藝苑談二瞻生硬未能到
石田宗派何曾諳毘陵富陽今鉅手遠駕趙董傾朝簪

吾儕側陋走歧路緼敝無色空趦趄何如一邱並一壑

煙煤甕牖吾能甘誓將俯首老荒服遑問齒膝兩耳儋

阿私獎借意殊厚我自嬾病七不堪逗畱遺謫西域賈

歸心久落南斗南徵奇攬勝謝伯仲家聲不墮薪克擔

金題玉躞品甲乙珍異不翅海岳庵虛名多累吾弗取

桑庚願學東周冊

重游歷下呈胡書巢德琳太守

依稀庵陌歷前塵都會居然北海濱驂絓何年傾哲婦

燕飛不過賴孤臣謂鐵鉉頻來未擬同鴝鵒三窟徒勞羨

狡㝹想到曾公遊宴地冷烟斜照一逡巡

攬勝還登海右亭天隮從古宅諸靈山疑虞帝耕時跡人識嬴秦爐後經名士卽今推老宿詞壇自昔拜娉婷（李易安）爐香茗椀平生願幾度愁看柳陌青

斷港冰澌閒荻花半城烟水半人家吟情會處懷邊李秋色描來認鵲華（趙文敏有鵲華秋色圖）薺麥乘時偏耐雪柳楊無數不藏鴉阿誰解識瑯琊曲梁苑全荒瑣暮霞

飄零書劍負丁年往事悠悠夢影便墮淚重經棠蔭地哦詩新賡鶺鴒篇龍芽可得求仙藥象飲何須問渚蓮（先君暨秋岑皆有明湖宴集詩）幸值文登蘇玉局雍容尊俎見前賢

小除

歲除仍是滯京畿隔座傳鈎共阿誰酒薄堪稱養生主
餳香爭祀族人炊寒雞戒旦聲非惡瘦蹇衝冰汝好爲
最是經年臨晉雪秖今猶向鬢絲吹

吳編修楚頌元日讀文選

屠蘇飲罷歲華增檢點丹鉛更折肱雒誦寧憂秀才足
練研無愧大夫能西風棹滯蓴鱸約東觀書煩筆札謄
溘郭塡城奔走地憐君心似一條冰

滄州

萬里曾過橫海郡五年重見峭帆亭秋楊畧減來時色
人事難量此庋經前以省兄來京兹扶先兄櫬歸也河象迴腸無寸直

山齧望眼少痕青麴香比戸差堪遣不惜呼奚買玉瓶

南皮

今古銷沉未有涯五官曾此讌朋儕應劉鬼物情何極風月南皮景自佳林葉辭條紛欲徧岸霜收潦淨于揩親交我亦嗟零落便覺中年無好懷

四女祠

紆迴沙磧抱柴荆水驛重來畧記程雞犬銷聲村乍闃枌榆無樹社將傾簷虛砦鼠如人拱帆落昏鴉接翅迎漫剔殘碑問遺事高風猶繼北宫嬰

甲馬營

洛陽西是法禪寺此地何來甲馬營水氣挾寒欺曉日林阜餘葉帶秋聲舟人指點香孩蹟過客猶憐誕聖名汴社久墟龍刼換僞齊封建近東平

東阿

柯穀傳齊邑膠香汲井新人言麟楦假誰識衞皮眞巷陌依高岸川原麗小春豆箕懷子建搖落一傷神

張秋

弭舟臨巨鎭登眺值嚴風斗出城飛角牛鳴路拖弓千艘通濟漕九堰過奔洪側柱冠誰子夸言纘禹功謂徐有貞

安山

人家夾岸水逼溝瓦屋烟寒凝不流今夜安民山下月
嫩霜天氣接殘秋

分水廟

汶水濯出當道周建瓴屋脊分雙流北達漳衞通薊邱
南導沂泗歸邗溝一宗二派弗相襲奚啻孔墨道不侔
燕檣楚柁有順逆來鴻去鳦無春秋奇涯溫氏受圖籙
蹠山鞭石跡所由墩城堰築泉水注布衣奉策功爲優
山東轉漕萬世計不復梯粒爭鯨鰌靈祠兀突鎮水口
斷山叢樹寒烟浮分風上下徒狡獪取之左右嘗神休
那無蘋藻薦誠潔金芝翠蓋光芒收笙鐘喑啞散巫覡

缺月照水眠蓍蚪憑舷徙倚忽有觸鄉心遠在湘水頭
史祿鑿渠與此類海陽神祀吾曾修荒程僂指六千里
未可一蹴波悠悠

南旺湖

入液時光淰淰寒停眸不厭曉風酸將尋杜老南池勝
先展南湖半面看
晶瑩日影照流澌泊柏波光上大堤刊盡萑苻凋盡柳
兩湖平拓束玻璃
誰遣倪迂活脫描天寒水遠木蕭蕭卻嫌境界無收束
更著孤亭似鷺瓢

林際茅茨網乍收全家衣食在扁舟但教守得魚苗熟不羨吳農十角牛

六十三泉匯此閒摩圍琢就水晶環平湖位置天然好難得江南平遠山

登太白樓因望南池

寂寂大城頭開元舊酒樓濟河歸荷澤鄒魯一浮漚木脫南池現天寒獨客游引觴無賀監誰與賦銷憂

青雷𡎺濟寧不知其處卮酒遙酹之

九原那可作吟骨幾經秋此亦青山宅仍鄰白也樓平生嚚筆塚長夜少糟邱腹痛申前約臨風奠一甌

少陵祠下作

丈夫生叔世一席可能安轉覺布衣拙焉知稷契難文章供涕淚飲食自辛酸丹艧何年搆草堂思歲寒

石佛閘

水程猶憶石佛閘巨浸頓成青草湖想得雪泥蹤跡在由來陵谷變遷殊死親螻蟻難安宅（堤上浮棺頗多）生賴魚蝦不計租爲語遺黎莫惆悵正須賣犢且罾罛

雨

波光粘樹樹連塍況是朝來霧淞凝液雨綿綿難作雪寒山隱隱欲無棱湖田鴈稅蠲宜急水國魚糧減未能

對此汪洋河廣大休教海若笑聲騰

宿霧

宿霧因寒沍茲晨逾渺茫水天渾一氣烟雨憶三湘漁棹有時響織烏何處藏阿誰爲彈指世界出銀光

斷堤柳色深黃尚含婍妮詩以咏之

寒條不惜借鴉棲尚有風流占大堤莫唱舊時金縷曲秋孃渾欲向人啼

書所見

黃金不可成瓠子不可塞豈其不可塞籌之有失得譬如駿奔走將牢銜與勒一縱弗能制覂駕在傾刻河身

本滯重秋汛尤悍直輪囷千金箒崩分一蟻餌初淫梁
宋交末僘齊魯域南陽夏村閘泉湖如組織既當河尾
閭復爲漕羽翼河怒董用威川駭走畏逼昭陽泄不勝
秦溝覆厥職風聞沛邑淪窋邇泗水側明府魚頭生衣
冠龍伯國有戶皆鴈梟無田供稼穡來觀咏秋水悠悠
我心惻仰睨天蒼蒼俛視波嶷嶷蛟龍百戰餘骨血千
里絶遥堤逮縷堤蕩盡失堅壁治兼漕及河重係民與
食吾嘗折肱醫邪盛戒勿抑疏瀹務多方一九安可卽
師水卽師禹（師水不師禹出慎子）因勢不因力
帝衷釐昏墊股肱邇契稷相與握靈圖殷勤効馬璧凡

百爾臣工經始毋憚亟

霪雨嘆

水氣積陰慘不舒疑有陰怪此逃逋乖龍如羊飲龤殊
神女鞭之上天衢瀰漫一雨竟三日天地變色湖非湖
噀珠濺玉連澒洞渤沫腥涎時一送都無景物坐瀟湘
但有胸襟貯雲夢不獨浦漵迴入微鵁鶄絶跡鴈不飛
可憐餓死空城雀何事厭棄魚蝦肥往時梟羅山正墮
雲霧窟蛾眉閉置甲帳深憶爾宮螺青入骨舟人爲指
浮蜃中二百里内市井窮一痕波脊是堤影天晴尚見
波心虹徐兮魯兮無軫域酒漿菜把珍莫得冰壺尚存

徑寸虀腐儒例當并日食齊民冬望六出花點點云是粟麥芽今年冬半欠三白陰淫不作乾馬牙河魚腹疾愁欲死以水濟水胡爲爾丙丁帖子枉書成閶闔森嚴謁如鬼我恨不學錢婆留彎犀射江潮又恨不學吳隱君神劍直斬盤渦蛟蘆灰一掬湮不得任爾喧喧響暮濤

霽

昨昔風浦急起來雲幔收霽根微辨樹銀界尙吞舟近渚有沉鼃斷堤成小洲浮家新活計罣網散烏頭

望魚臺諸山

今日全湖落掌閒罛船釣艇集灣環何年僖伯陳魚誠
滿眼奚斯頌魯山三尺枯楊分港小一雙白鳥占波閑
欹舷莫惜林收暝晚近河陽畫手慳

大風

夜來睡覺床殷雷早看湖水雪千堆山林出沒久不定
大聲穿空徐始回野夫宴坐聽水樂膽大不慴鼉龍威
將軍奮袖起撾鼓白雨迸落黃櫨搥有時赤足蹋篷卧
回飆似覺宮商非刁調散入殘蘆裏銀字中星吹更哀

嶧山懷古

大哉鄒嶧山孔孟桑梓地山存禮樂存萬古仰精氣何

來一男子自稱始皇帝書門駐羊車豐牌鐫矗矗上言
皇帝初跨越三五際下言丞相斯書銘垂後繼我維周
鼎震詎止秦天醉疆界等副瓜游士競連袂生民肝腦
塗堅城金甌碎桓桓白帝子矯矯戎輈肆荊楚失方漢
靑齊盡無棣邯鄲爲湯沐碣石置守吏韓以逼先亡何
有梁中魏掩羣畢六鳥適祖祠寶雉威靈宇宙閒聲教
朔南暨內安封削平外攘城迢遞鉆鑽網若窑綱紀胥
不替惡歸下流末功或萬世被失爲邑人災得卽行人
利又如蚩尤誅乃具五兵備後儒苦相劇耳食夫何異
史公日月表柳子封建議卓哉鑒亦洞誰下阿房淚靑

山烔在眼隳鈌野火遺佗時琉璃光照見炎琬宇空傳
騎省藏想像西臺製近聞硑雍側久餌獵碣翠是非亦
何常金石固柔脆獨憫祖龍愚寍乏魯連智

望山根村落

崇岡股腳展平林帶其趾參差村落明宛若横看子膜
禽倦知還凍樹僵不死夕氣蓊枝柯蔥蔥作蒼紫林端
復何有方臺相遞起不爲看湖光頻年避湖水山田亦
犖确瓜荳何能美洵非戀樂土根深不堪徙胡爲水中
鳧泛泛成千里歲寒孤客抱吾意獨憐爾

泗亭

隆準神游地扁舟一再過泗亭渾在眼漢社久隨波雞犬何年徙魚龍此日多荒城三版賸淒絕沛兒歌

鮎魚泉小雪用東坡聚星堂韻并效其體

北風昨夜捲蘆葉開篷卻灑江皐雪怪來一晌鵞鴨亂早是平沙皃鴈浥小桃源渡凌塊塞太行山坂冰柱折（前歲游晉去歲渡河俱在大雪中）何如擁褐坐中流況值微曦乍明滅坳塘稍喜留寸白晨飈作意還頻掣不緣薄醉屢魯酒卻爲梅花憶湘纈南渡嚴關見汝稀兩好難兼轉騷屑何人句妙寫三春滕縣花開供一瞥（滕縣花開白似銀李長衡句阮亭每稱之此正滕市交陵地也）敢奮空拳白戰能正復不妨擬議說硯冰

助我發奇響鏗然落筆鳴金鐵

赤山湖

湖中十日留負看玻璃綠豈知湖外湖復此湖中宿境界若稍隘景會仍清淑髣楊四五株烟水態自足風微亦含勁波凍尤難蹙寒耀忽西傾鷗鷺明續續我吟西塞篇因憶元真祿載哦楚竹句又憶瀟湘曲鷗心閑於我浩蕩誰能觸

泛月

積水澔無涯弦蟾光倍增飄飄月渚槎碧宇在下層漁火出叢薄拏音掠堤塍將謂魚龍寐必有寒蛟嘗山靜

髻螺俯瀨響瓶笙膺帆影去帖帖因之見波棱明晦互
變更川姿無時凝我方據舷坐靜退寒巖僧境會一馳
溯脫帽縱生鷹鄭五詩思冷灞岸驢淩兢爭如山陰棹
別具奇可稱鏗然叩蠟板吟就冰壺冰掩窗枕手臥不
炙烟煤燈

湖水漲後塚墓衝決岸多遺骸詩以憫之

我行畧徐野高岸變寒湫潮落青楓根霜照白骨藪地
非京觀築星擬積屍守掩骼失周官沴氣傷高厚窮黎
具薄櫬幸脫烏鳶口水伯非老瞞發邱將焉取匪惟前
和晛終見頭顱走骸非因孌析棺豈緣罪剖如經毘嵐

風頓失連環紐或如諸天聖割剔還父母或如蟲落民
五體飄荒㘭或燦然是齒或拳然類手斮脛髓已枯專
車節何有何弁何者弁何殤何者壽孰賢孰不賢誰某
誰爲某羌無梼里智習見巳孫㤝此地化爲泉協汝龜
策否慨爲髑髏嘆軀殼同籧篨也寄生化機奄然息痛癢
忘已久不見雍門涙詎免牛羊蹂誰窮北山石而以漆
絜糾一朝內羨砐梟鴈飛隴醎無疑夫子言甚不如速
朽

赤山道中雪霽用東坡清虛堂雪韻

山痕沍冷澌流沙玉虬磨角何衙衙老農預慶餠餌賤

兒女彴啄風中花張弓彈粉界圖畫枯楊細柳村三家
化工似覺太寒儉更遣側翅飛金鴉披帷不惜手瘇瘃
但恐容易消瓊葩哀蓬束折葭葵碎索瑟猶聽蟹爪爬
銀瓶碧髓汲修綆珍珠十斛煎春茶神清骨冷照無寐
坐到月上津鼓過仲冬泝沿杜陵嘆對此曷用多咨嗟
赤山石墨賤如土爐中䃔歎歎朝霞

徐州

麥苗初長未平疇冰凘洽洽響碧溝漸近江南好風日
一鞭殘雪入徐州

復雪

野店搴鐵衾昧旦徒侶戒失喜冷飛白續此銀世界銜風十餘里凍面爲一皺滕巽怒方逞人物色摧敗獨憐松柏姿不作寒乞態林巒但蒼莽川原闢明晦遙峯晝不成娟潔尤可愛誰家春鏡中凝粉上眉黛古來咏雪人刻畫陋杯帶淵明得閑趣在目成淡對何如壹道人妙語工藻繪慘淡集郊邑頗盡行旅概風定勢逾濃狠藉鸛鵞隊闢河歸一白詩境那在外端轡過長橋不負驢子背

登黃樓用東坡九日韻

劉龍項虎烏足說輿酣獨爲黃樓發況當連日見飛霙

奇觀休嫌凍泥滑城頭石丈雪爲髻城下波靈冰製轞
撤廳結搆自何年笙歌在耳杯才呷五行厭勝古所敦
嵑䪴勾陳天際插搴帷肅謁長帽翁正恐掀髯稱看煞
一杯水仙堪配食不然彌勒同龕刹次公俎豆理則可
清溪比例無相亂樓中設二蘇像有媪神參坐其間怪而詢諸土人云是蘇小妹荒誕可笑
荒謬何殊杜十姨一笑傾欹帽簷壓呂梁餘怒終未已
長堤空復如山矗眼前豐沛盡魚鼈堤下斯民亦鳧鴨
寧河舊錄借誰鐫千柄泥中聲颯霅

酉徐州一日訪各古跡土人皆不能言其處於旅
舍擁爐獨坐用東坡百步洪韻

雪山向霽痕壓波冰澌織練催銀梭寶砂披盡世界出
萬瓦櫛櫛新如磨全徐風景落吾手好事卻恨無老坡
笛聲當筵裂著石紅粉在坐舒麽荷仰攀謫仙三百載
勝躅近接琉璃渦千秋相望不可及嗟我匍匐呼監河
青駒背上寒餓句白榜誰復朋爭羅此邦英俊多鵲起
詎少羔酒烹熊駝豪華寂寞偶然耳休笑逼迫無委蛇
可憐盤馬賸荒埒不見舊燕尋巢窠解嘲答戲資一噱
擁爐撥火追陰何塔鈴不斷作羯語欲渡更防津吏呵

清江旅舍雜編竹葦成之戲作一律

拳曲蘧廬一榻安正如孤鶴在籠樊古今逆旅由來隘

天地浮萍自覺寬火禁未容燃榾柮霜嚴猶恐折琅玕
誰云氣候淮南煖依舊重衾耐曉寒

舟由瓜步趨鑾江風便望金山及登賦此

我聞浮玉之山如菌形修莖擢水何亭亭潮生不隨日
月汩萬古一葉浮萍青誰令巨鼇戴顆粒坐見海若迎
江靈清宵遠聞鐘磬響白日不照黿鼉扃天吳變怪有
時現非仙非鬼擲火鈴昨從廣陵出瓜步天寒波遠無
多樹長風喧逐動瀛壖極浦吹開三里霧一枝塔影渡
江來百尺高臺宛然具不知蓮界闊幾許彷彿香螺旋
開戶擬師米漫士翦茨寄一庵窮年墨海究三昧正要

胸臆收烟嵐不然亦當拏舟度山嶺汲取郭璞墓中水
芳腴漫煮雲腳輕兩腋風生滌塵滓船回帆影去紛紛
未許三山與世聞佗時掛席拾海月更訪焦先辨鼎文
月夜渡黃天蕩昔韓世忠與兀朮兩軍自鎮江相
持將至此有閩人教之鑿老鸛河通秦淮遺跡尙
可想見也
白頭高浪無（舜）羊羣老鸛河從底處分宋室終亡福建子
事見七修類稿韓家猶憶背嵬軍潮來天塹無餘樹帆指江南
有斷雲一種壯懷難寄託月明烏鵲去紛紛
曉至秣陵

殘蘆如語水凝藍北渡經今歲又三醉著船頭歌白苧青山相送過江南

曉來佳氣鬱蔥蔥一幅金陵在望中霸業伯符關許事正須拄頰看雞籠

食瓢兒菜

三年京國居不羨肥羜香北地土脈疎菜把專車長歸飲建鄴水嘉蔬忽盈筐不惜三錢握飽啖纏齒羊冬菘種類蕃斯族尤焜煌北宗盛黃芽汝亦小南强箭捍細而瘦疎庶差足當葑蓮能亂似不異鈒鏤王踏地作矮叢罯染江南霜葉如真率瓢微凹含天漿因兼半瓠名

足充陋巷腸縷切膾銀絲爛煮攙蜂糖秦淮佳麗地不
見頓與楊籬邊東風菜猶勝菁蕪荒春酥揎翠袖占盡
羅綺場顧我菜肚人芳温念銷忘但愁放箸空毋勞纖
手嘗杜詩菜從纖手送青絲從渠王謝兒三九啗庾郎

江南懷古

鍾阜盤迴望不眞一川雲樹正泯泯石城鐵鎖形非舊
荻港戈船事又新佗日懸燈開内苑何年飛燕過重闉
扁舟莫向秦淮泊第一傷心玉樹春
龍蛇眞僞倩誰評奇貨先居翊戴名邸舍鸞凰悲故劍
君王福鹿擬分羮百年明月當杯影萬里頭顱去國情

沙際何人磨折戟蕭蕭故壘厭言兵

大風夜過馬當

水程險絶處曛黑一帆過燈火明遙岸雷霆走鉅波棄舟歸夢闊旅鴈畏心多賦筆年來減靈風奈若何

除夕

經時水驛侶鷗鵜尚有三千向外程五度天涯逢此夕十分鄉里逼新正（鄉里逼新正，香山句）羈途爕熱增年酒小市歡娛徹夜聲省識豐登多樂土有田吾亦欲歸耕

九芝草堂詩存卷第五

九芝草堂詩存卷第六

臨桂　朱依真　小岑

癸卯元日泊團鳳司

扁舟脈脈轉年芳野岸泥融荼甲香門有黏雞仍楚俗地臨團鳳接黃岡撥灰稍喜詩如願退戶何能酒辟疆莫道江湖新興好漫拈衣線對春光

歲六日戲題

春霖苦欲遭芳菲不放疎篷漏點稀未得閉門辭雨具尚須將瓦作油衣今憐鄂渚舟長繫到及瀟湘水定肥明日又傳煎餅會天穿補否驗朝暉

黃州赤壁

赤鼻磯前撥棹遲釣魚謀酒復何時江山萬古美如此老子當年興可知鶴侶難尋疇昔夢鶻巢應在最高枝

蘭亭若許方金谷鐵綽歌凌橫槊詩

僕少有論詞絕句迄今二十年燈下讀諸家詞有老此數家之意復綴六章於前論無所出入也

剛道霓裳指下聲天風海雨倏然生不逢郢匠揮斤手楮葉三年刻未成

范陸詩名自一時江南江北鬢成絲遺聲莫訝多騷屑不任空城曉角吹

妙手拈來意匠多雲中眞有鳳銜梭讀書未敢因人廢
奈爾天南小吏何
雜擬江淹筆有花傚顰不辨作東家等閑渲出西湖色
卻倩傍人寫⿰山昔華
欲起瑯琊仔細論機鋒拈出付兒孫禾中選體荆溪律
一代能扶大雅輪阮亭云無可奈何花落去似曾相識燕歸來必不是香匳詩良辰美景奈何天賞心樂事誰家院必不是草堂詞確論也
琴趣言情尙汴音獨將騷雅寫秋林當年姜史皆迴席
辛苦無從覓繡鍼秋林琴雅樊榭詞

武昌

城闕籠殘雨林風挾潤初著行湘浦鴈盈尺武昌魚八字連眉暈雙樓俯鏡虛登臨心轉怯迢遞兩鄉餘

登黄鶴樓

東風十日蕩地來漢水初撥葡萄醅翻身卻跨黄鶴背熙熙萬象歸春臺初從城闉數蕊涙城上風光已超曠唐梯轇轕跨飛甍卻倚層霄俯城上樓前大别仙眉青晴川劣能如掌平游人指點佛鑊蟻室盧窰佈週天星吟斷澄江謝郎句蚱蜢隨波來又去溫瞰一段滑琉璃風絮雨萍粘不住乾坤捭闔聲雷硠軟灘嫩堰開瀟湘史皆迴出飛鳥外俗眼雜辨牛羊方洞天石照何年闢

中有羽衣聞黜展元蹤靈邁類如此但愛柯椽貫雲石
一吹吹出洞庭秋再吹吹破關山愁殘梅玉屑纖手揉
有酒但飲無嗅咻世間衣食徒刼刼鼯鼠飲河鳥銜葉
古人可作孰與俱青蓮李并黃州蘇君不見紫髯兒藉
父兄力元規戚里饒塵棘

鸚鵡洲懷古

岑牟單絞踏地高爽如石馬大討曹阿瞞頭風愈錐刀
大兒小兒挽不牢何爲卻與屠沽遨漢江高宴艨艟艒
虎士列戟交其鐵鴈行賓客蜀纈袍千斛美酒罌犁撓
狂藥入口膽氣豪手搏攫黍目不逃車前馬糟空騰尻

死鍛錫公詈且號隴禽能言繡羽毛漫比黃雀多脂膏
時危士命菅與蒿至今芳洲沙颭濤彷彿醉語聞訾謷
草痕凝碧荒迴遭鳺鶘斥鷃翔且翺英魄可招白鷺翿
楚南何事悲離騷恨入萬古生花毫人生焉得同桔槔
喙長三尺閟不囂君不見魯國巢覆黃口嗸又不見海
隅屯骨蒼蠅饕何如白帽辭旌旄矯矯不下鶴鳴皋牽
絲刻艾徒爾勞

春雪

南人爲北客常抱雪車慟詎知頃刻姸固屬仙人重頫
年并薊游手掇天花弄滕六感我厚枉駕千里送赤山

掉玉虬彭城跨白鳳經時須眉上攬鏡見寒淞何期璀
璨色隨我掠雲夢沾濡稭灰溼零亂麥苗凍梅殘髓仍
補柳活綿欲動簌簌叩窗槅寂寂近帷幪淡交久愈縝
熱友眞一哄行當度嶺來共醉春泣甕繪壁誇盛游無
乃犬驚閧

山村候風

麴塵漠漠近江隈枳落�簷相對開白髮山翁遮客坐
禿襟溪女見人猜境疑栗里詩中見春逼巴陵渡口迴
擬借一帆飛迅羽此間恰有祭風臺

大風泊岳州對岸

我來岳陽瞰巴邱正值瀟湘之濱帝子游霓旌虹節滿
天地飛廉負弩充前驅洲翻浦裂心膽落大弦五十洽
然撊龍毫銀液譜不出遠帶萬斛蒼梧愁九江新漲動
未動顏色渾渾如鴨頭湘源一線出陽朔不信吳楚歸
浮漚誰云七澤特小小烏兎欲下華池潄乘風擊汰吾
豈敢卻踏烟浪拏扁舟樓棼如霞絕梯枕畫棟上出層
城週桐江老人稱好事毬門左右題銀鈎杜陵襄陽日
月揭結舌未許巴人謳吾儕不登足藏拙頗恨壯觀無
從收洞庭春色風味罕灉湖雲膏纖筍稠石銚汲新煮
蟹眼蠶氣一縷生毫甌詩腸澡雪倚吟檻江上歷歷青

螺浮

洞庭

黷黮湖光晴亦陰思歸日夜腐儒心戲鴻拳鷺各天地
春水綠波無古今苦憶烟鬟排十二舊聞霞岸拓千尋
涪翁自向江南笑卻展愁眉睇桂林

湘陰道中

白沙初入湖南道軟浪偏宜楚客航行哭行歌皆屈宋
芳蘭芳芷認瀟湘班班山鵬啼遺廟穀穀神鴉護過檣
三十六灣春最好夜船吹笛怨垂楊

賈傅祠

春流一線接清沅故宅何人傍屈原洛下少年銷積毀
漢庭長者有浮言承塵鳥去猶斜日湘水情多臧舊痕
獨有香山知此意長沙恨勝汨羅寃

泊昭山山巔有觀音禪院登山約二里許抵寺已
昏黑不入寺而返

昭山十幅眉昭潭一泓鏡眉閒徑寸黃返照光不定法
界跨鐵圍鴿形據其勝急呼榔㮚杖往覓飛仙磴回身
收遠概爽氣悅靈性芳洲吟小謝新柳想阿甯湘天裹
湘水湘碧不可竟暝漁燃楚竹歸鳥趁昏磬寺門閉聽
黑梵放銀鐺靜我心恒河沙見佛衆生並何必善才參

頂禮聞思乘下山帶春星碧犬沿溪迎

重過衡山作

憶昔高揖辭祝融涤口返眺烟濛濛幾年馬上關山月猶夢朱陵洞裏風兀兀天涯無遠近渾源倏見并州鎮已盡先王南北封踰山跨河皆游蹤歸航萬里鄙蒸水水上五峯尚如是笑人日日逐風塵馬影雞聲吾倦矣山靈念我情不勝招我快縛雙行縢摩挲七尺猢猻藤虛空濁骨誰能憑悵望仙眞不可即手中芙蓉金色牠恐是王者魏元君太淸飛躡綠華裙我欲從之參隱訣息心道林燒白雪回頭寄語烟霞人十年宰相眞一吷

瀟湘道中雨

十年畫禪室不悟米三昧卻上洞庭船飽看烟雨態昨宵聽瀼盆驚起見潑黛羣峯春欲汚萬景繁不碎嬌雲易成族窈樹畧分隊檀欒倚風篠微露白屋背淨碧上須眉欲唾難廣欵須臾一綫霽刻意寫明晦粲然外史眞非復彥敬輩復古詡能事倚素敗牆對窮年畫瀟湘不得瀟湘槪請看解脫手放筆吞大塊久擬托浮家書畫一舫載他時虹貫月鷗鷺汝好在

重登浯溪

叢叢稟石嶄然新船著浯溪緣逬唇記得岸頭楊柳樹

長條遲我五回春
渡香橋過是唐臺小邑濛濛夕照開草色山光青入市
胡麻花片逐船來
曾經抔飲散花灘漫叟杯湖尙覺寬千載相看兩不厭
世閒秖此小嶺岏
柳郎宋柳應辰偉押慣驅疝石鏡山精乍啟匳莫議浪翁文
字碎能輸持正九千縑
紫荊花發照祠前折得繁枝供几筵落落如公數十輩
救時何止中興年

社日雨

春陰不離水水氣扶之上玲瓏乳竇穿毿毿眉棱颮秀
骨翦平崖仙衣褭遙嶂須臾濛濛春頓瀅盈盈望躍金
氣早應屬玉神先旺叢莅遠薰人浮花圓聚湨古堠芳
草合孤村白沙漾㳽流逐韶景物外尤酣暢信非目能
窮在目已難狀扁舟逢社燕吾意迷所向

永州作

君不見方丈仙人竊鈞軸七十八賢歸黨錄武安節使
橘洲邊厄窮未許妻兒哭卻誇閉門餐飫飥不乏兩京
白羊肉古人養氣齊得失百折崎嶇駕輕熟有生自與
憂患俱是心但作虛舟觸由來道戰勝則肥冰蘗膏粱

莫尋壽元和司馬獨何事怨芷吟蘭如不足

哭黃南溪

并州別去寄書頻惡耗傳來淚滿巾復屋呼號兒女痛蓋棺誠信弟兄親弓刀鴈塞稀朋舊風雨蒲城泣鬼神想得臨歧一尊酒銅駝更約幾千春君卒於蒲州

咄咄休休意不聊固應磊磈酒難消煎熬久困函牛鼎得失真成覆鹿蕉歧路有情饞媼賤故人無暇餅師驕心存席帽黃塵裏虛負天南大小招君前書云故人碌碌知己惟一二青樓而已又云國家一日開科此志不容已也

南郭銜烟每過尋卅年一吷去來今質亡虛負揮斤手

諾在猶慙掛劍心港廢金蓮觴詠改亭荒招隱屐聲沉
淋漓不獨黃壚感繼起誰聞正始音君囑畫南溪圖未應也

九月燕臺折鴈鴻新詩緘示慰萍蓬孟韓交綈窮相似
甫白飄零死譽同洴澼自憐操術異覆瓿人笑著書工
太清賸有喻麋在呵壁猶能問碧翁君嘗夢人授以墨文曰太淸之寶

初秋過李松圃一鑑樓留飲感舊作

仙李名高昔斂襟辟疆園近許追尋雷聲將雨洗殘暑
花氣撲簾籠晚陰萬里鷗波縈想地百年朋舊感秋心
石交半入山陽笛慙愧當樓兩碧簪

九月十九日松圃招賞菊分得到字

秋曹惜芳辰啟宴集同好蘭徵蔓方叶(柲圃得子適三朝也)菊訊香初報棱棱數十叢一一秋霜傲疎朶剛半舒鶴翎新出掩又如蝶翅粉日曬未全爆我聞菊開時始是重陽到先時載酒游正恐屬濫冒展期續太和古轍宜可蹈須臾雲有渰承霤瀉幽瀑毋懷滿耆畏敢脫孟嘉帽汵香歘然來爽氣洽堂奥彷彿淡交人風雨夜深造酒闌別有諦少坐幸毋躁青燈照屏榻瘦影不容掃

至日閱舊稿作

一線陽回力不任雲垂四壁晝陰陰冬心未逐葭灰動寒色偏於蓽巷深窗近昏時妨細字樹當溫處集么禽

貧居節物都如此賺得流光鬢影侵

寂寥心緒是中年況值銷寒數九天憶舊頻翻詩卷裏懷人常在火爐邊鐵衾猶帶并州雪秫酒難供栗里田且喜時平腰腳健敢希斗米十三錢時米價昂故及

大雪東松圃

駕鵞逐鶩鴿異響曳雲外起看風攪雪六花如掌大初猶珠琲雜漸覺重綿蓋盆盎冰腹堅樓觀溼粉界狂喜兒童捉迢遞巷尨吠毋懷凍餓慽預覬豐亨最頻年西北陲寒栗森在背雪片稀度嶺雲物恍出塞常侍帶熱來吾今與泠載詩梅約未果策蹇心已憊輒念幽居子

清吟啟編貝詩壇肅鵞鸛白戰擬收蔡

和松圃雪詩

薄觴入口味甘酸門逕從敎被雪漫幾卷詩書生活冷
十年關塞鬢毛寒茶烹石鼎聲初沸鳥踏氷枝意未安
卻羨梅邊何水部吟情更比凍雲寬

雪中四咏

讀書

街鼓凍無聲黠鼠伺燈影一編擁几對萬象歸根靜雄
宀山動聲蟄寒泉汲修綆琅琅滿天地音與黃鐘等春溫
盎然生㷰律氣先遲不救虀腸飢頓變黍谷冷時髦困

呫嗶妄意享鐘鼎山寶不堪吏子嚪憂患倂以爲求所欲南轅趣北境曰予異於是聊以消夜永窮愁坐讀書讀書愁可屏譬之酒解酒覆杯遽清醒

擁爐

元冬山木稀市價烏薪昂閉門三日雪肝肺皆冰霜地爐寂無烟瓦檠黯無芒撤屋取舊茅持斧斯枯桑燀剡發纖響爔烬生微光方其鬱未伸掩目視㬰㬰巖飈一吹嘘活燄赫以張漸忘袒裼單寧羨狐裘黃通塞在俄頃旁睍心清涼

煮茶

鐵牛熱中人不甘畫葫蘆掃雪詫妖姬微詞愧彼姝此固靜者事詎可他人娛自燒品字柴坐候魚目珠鼎中萬斛濤胸次千卷書風味不相迕一舉七碗俱茗柯有至理含漱皆道腴具乏襄器精品豈頭綱殊鄙哉陸鴻漸瑣屑非吾徒

獨酌

一酌愁城降更酌冰天潰沉沉再三酌兀兀已昏睡酒徒誇百榼挽河恐不繼侵晨三蕉葉酣暢夫何異矧兹酒值增醉人頗稱瑞每念孔中丞不了麴蘖事戶小竊自幸辦醉特易易融和四肢春渾穆胸中味世間餔糟

者誰識醉翁意

酬松圃見答

黃鐘音鎗鐄變徵多激烈七律雖異響入耳皆可悅聲詩要如此嗜好等秦越所操曷必同於義無乖剌平生抱結癖腸胃不耐熱九曲黃河冰萬古崑崙雪更值冰雪晨苦調轉淒屄君詩務敦厚風雅道未沬初陽變霠物淑氣動林樾恍聆師文奏坐令造化斡持與我詩較狐貉形裋褐又如立坐部雜然進堂闥藉使衆聽熒常恐后夔察才非元白匹與擬皮陸埒敢云佗山助爰此瑤華擷請迴清廟瑟載和塞管咽

再柬松圃次見答韻

歲宴人事棘蠭蟻營弗絕熙熙復擾擾踏徧九衢雪閒有足穀翁羔酒聊取悅豈知蓬蒿底苦吟淒斷骨鑽研鼷角窮飄忽駒影閱失眠僕婢厭取鬧四鄰徹屢顧膏燭盡欲罷不能輟心與韓孟期步忘壽陵劣清郎早乞身千里防一蹶十年倘書省短夢驚過瞀耽此冰雪吟用保歲寒節和我五字詩睥睨楊盧傑共憐蟲食蓼竊比磁引鐵庶幾風雅宗振起一何崛君看王子猷興爲戴逵發詩成攜卷過莞爾舒眼纈

大寒戲示家人

前者大雪三日落紇干山頭凍死雀今兹沍雨十日寒
老鶴訝不減堯年南人畏冷稀見雪痱瘃噤瘁愁栗烈
夏蟲未可語冰天炭塹堆爐炙不熱我循太行極趙代
冰柱雪車耳目駭冬温陽泄乃成災陰道堅凝奚足怪
抑聞地氣北而南爲瑞何止螟蝗潛况是今年赤疫暴
毒熱爍人恣不道十室九室哭聲高野仲游光拊掌笑
不用鄉人桃菊施詎煩方相蒙虎皮卽看元帝肅政令
爽氣滌濯人心脾莫嫌墐戶皮肉綻準擬來年腰脚健

除夕

又見桃符處處更侄來門巷有春聲得年飲酒輸兒輩

守歲傳柑讓後生兩字虀鹽儒者事一甌饘粥故人情
在家貧好非虛語況是高堂鶴骨輕

二日挈兒輩游孔明臺擬登獨秀遇雪不果因過
菜圃中市芥辣歸小飲竟醉陶然賦此

聳身登春臺象緯逼難仰鬱嵯百雉堞佻䠷僅容掌蟻
衒四向殊蜂衙據前敞鐘鼓透空聞松篁繞壇長碣斷
員贔屭磡古藤蘿網多年佛狠機輥側臥烏蟒僞號鑿
不遠逆燄吁可想武侯祠屋近忠義塞霄壤此物奚爲
哉曷不投渺莽下山方禹中肆意極遐賞不妨屐迸齒
更倚兒代杖須臾積寒霰簌簌春磵響興盡卽迴步署

似山陰訪凍玉蔬可擷浮蛆酒堪餉樂玆熙皞春處置六鑿攘千載斜川游吾欲與之兩

十四日承松圃齋酒約同人集飲草堂得詩二章一以呈諸公一以謝松圃

蓽戶初緣長者開春風次第入蒿萊山肴雜進茅容簋舊器虛存叔夜杯一尺短檠熒屋角二分明月在牆隈如何九陌塵香裏卻有高軒趁夜來謂王贊府若農

自顧殊慚栗里人敢勞齋酒致嘉賓似嫌燈火繁華地來共衡茅寂寞春詩有商量除我見語忘機阱露天真漫言把臂新知樂耐久朋應勝飲醇

登獨秀山呈同游諸子

大鵬摶扶搖上同羊角轉玆游豈不然浮雲宜可攬惜哉虧一簣天咫弗容踐常恐罡風振身比落葉卷假無伯昏術寧免韓子泣下窺九陌塵萬室盡蟠匽飛鳥瞰其背游人磨蟻蝡郊原覽無遺而況城郭淺無怪烟霄人蘇塊視紅軟願言謝禽向毋笑吾地褊

松圃招游虞山南薰亭和李桐岡常吉韻

江帆林塔影高低新綠溫暾末拍隄燒筍及時參玉版
捫蘿何處問丹梯簫韶空憶神夔奏篁竹應沾帝子啼
惆悵登樓無好句輸佗崔灝一篇題

題人種竹圖

昔人種竹法雨過時最正或云臘日宜見之杜陵咏移來歲寒友値此冰雪令檀欒辟彊園碧鮮蔣詡徑不徙以砭俗抑且能悅性羡君抱虛中與竹眞季孟淩晨劚霜圃玉立奚童瑩提攜金鴉觜剖剔蒼虬孕異時雷雨動佇看枝葉盛穉子方解籜戢戢頭角迸林輸篔簹饒鳳咮琅玕賸寫生煩老可彷彿萬竿映吾癖如子猷把臂欲乘與

吳紫庭鳳來明府自南海歸得一小石紺質白理宛如奔馬歌以紀之

臾倏俱作炎海行懷中寶氣干太清祝融廣利不敢爭
發緹示客巾箱槃粲然石子一指盈形如籬豆莢微平
中貫白脈看逾明匹練欻向青天橫非馬非非馬莫名
若滅若沒天驥呈騆駱駓騅騜駮騂物色奚俟孫陽評
定爲豬白誇彭城天門詄蕩來玉京不施銜勒加游纓
渥洼神質血汗赬雙瞳夾鏡光晶瑩麟超龍翥飛鴻驚
朝刷荆越秣幽并蹙腕踣鐵歕有聲風鬃霧鬣薳上征
觀者撫掌目盡瞠謂是天駟聿降精我言神物不虛生
當作八駿𩥇八紘棘猴楮葉何磽磽細推物理得其情
斯韓幹輩幻想成心肝不朽千歲更沙礲水漱露厥誠

畱此一片琅玕英恨無顔彪筆力勍揮毫草賦金石鏗
又無龍眠寬作程手摹縮本爲經營瑰異過眼空怦怦
侯其寶兹等瑤瓊陸大夫裝難與衡珍重毋向枕函盛
北風恐聽蕭蕭鳴

咏朱心池錫仙人吹笛石

咏罷吳家天馬石又見一尢奇可敵石形微橋小於螺
中有仙人橫鐵笛短衣丫髻雲烟裏衣褶稜稜匝金蟣
晷去人閒筆墨痕吮毫未許吳生擬不但衣紋鈎勒眞
眉目瑟瑟皆有神若非風月鑑湖侶定是黃鶴樓頭賓
張肱揎袖攏纖爪曲罷天風猶臬臬想像音含太古春

幾回吹破仙山曉吾宗舊住漢水南洞庭一日收風帆
羣仙張樂寬其一爲君瑣置歸重緘昔年安道撫吾桂
收藏柏枕紋頗類惜遭剖析付庸工不復清宵響橫吹
此石都無斧鑿形低回宮徵宜可聽情知天樂吹不得
恐作崩雲裂石聲

九日同人集棲霞寺登碧虛亭分韻得齊字

白露初下黃葉蹊幽巖燕麥仍暟萋自來佳名愛重九
不惜白榼清樽攜靈山賦形像北斗吉金布地開招提
危亭傑閣登眺好青冥四羃衰草齊放懷迥出萬人海
健步擬躡飛仙梯昔賢慽慽笑口罕常欲借酒和天倪

我今不飲自云樂亦如得兎忘其蹄停杯牽率度山嵴
訪古不怕汚青泥諸公揮手謝簪黻況我野性同麏麑
洞中仙子不可見金堂玉室行恐迷王喬笙鶴響清籟
沈羲旌節來素霓回身笑屬許玉斧壺天更約雙鳧躋
是日酒罷同許密齋王若農沈萱皐三君窮彈子省春諸巖之勝擬過壺天觀不果

送沈萱皐應霖赴太平州任

東陽瘦沈足風流乞得南荒斗大州邏水方春波黯淡
越禽當晝語鉤輈眼中魋結猶秦尉徼外金標憶漢侯
最好訟庭安筆硯吟成荳蔻日初收金標見水經注郎銅柱也

甫䣭悬銑玥經以詩索畫桂山圖并題此詩

君不學元和司馬賦囚山，又不如王贊侍郎愁墮蠻烟。閒平生心折退之語，乘輿自比於驂鸞。幾年看山不足，索我拈毫圖尺幅。不要王宰畫皃蠶，不要北苑畫江南，要我放筆一千丈，寫作排空碧玉篸。我聞天下山到此奇不去，就中陽朔奇外奇。人在碧蓮花裏住，扶荔可前塔影低，畫山面面青無梯。飛泉直下石骼瘦，苦竹迸裂哀猿啼。吭我筆，伸我紙，樹老巖荒阿堵裏。贈君不數雙南金，別有高山流水音。異時鴛鴦湖上獨展卷，我所思兮在桂林。

答岑溪令李少鶴 憲喬 見贈先是余同諸君訪米

南宫畫像於環珠洞來詩猥及比之鄭侯以其能
收先秦圖書也兹並復之

元章昔寫眞寂寞癸水湄往來賢士夫未始一展之意
存新息珠追認虎頭癡我曾肅瓣香太息藉滋想當
虹貫月扁舟泊山陲豪氣恍可接攝衣恨較遲常恐就
湮没不復後死貽閒以畢似人馬耳春風吹李侯健於
鶻邁往無留疑始閒輒投箸吐哺不能飴來觀日移晷
如讀索靖碑因而發潛耀登登響犀搥胡爲謬獎借寵
我瓊琚詞顧余孤竹馬敢誇鄭子知請讓南陽封勉從
召平規由來纘大勳一決乃見奇七賓紅嚴公披襟毋

多辭

贈李石桐懷民郎送其歸萊州有序

石桐能詩尤精五律常撰主客圖以張文昌賈長江爲主餘人爲客復裒已與其弟少鶴詩爲二客吟幽深冷峭不減唐賢僕讀其詩想其人久矣今始獲晤於韋廬作二詩奉贈并送其北歸僕本不嫻五字知不免爲張賈逐客姑質諸石桐冀可收之樊籬閒也

喜識膠東叟居然稷下賢詩如人瘦健心與古週旋一字嚴南董終身奉閬仙劇憐相見晚何況是離筵

去去幾千里凌寒舟上遲楚吟不斷處湘水欲生時聽

雪篷收瞋敲冰硯有澌同行摩詰手商榷畫中詩

聞鴈

賔武城邊蘆管哀此身曾度鴈門隈於今枕上閒嘹嚦

一夜塞霜侵鬢來

除夕

土銼糟塗祀比鄰竹響驚婢炊宿歲飯兒索膠牙餳淑

氣應潛運凶年喜早更請看雨雪後取次放春明

九芝草堂詩存卷第六

九芝草堂詩存卷第七

臨桂　朱依真　小岑

立春

靑旗簇簇騎纖纖，巷陌人家盡下簾。豔女牢假金鴨看，鄉人指點土牛占。香凝曉蓋冰蛆細，綠映春盤雪薺甜。莫訝齋厨風味冷，陽和未易到茨簷。

李少鶴明府招同楊石墟臨桂茂才許密齋巽行明府王若農尚珏贊府浦柳愚明經李松圃郎中集補陀巖用七人姓字在棲霞分韻蓋石湖屏風巖題壁句也余得在字

寶陀海一角縹渺津𣏌遠此名小白華飛來自何代山週翠玦環寺聳鉅鼇戴萬綠森在眼傑石擁其背相與結淨緣不必衷禪鎧淸酒陶鮑陳高歌絃筑配石湖有遺躅放浪亦可慨人同竹林七俯仰忽千載古歡今可即古哲今不在冥冥著蘚縫磨滅幾名輩惟有二華君雲中舉霞佩

送少鶴歸養

貪吏多所狥到處西域賈廉吏潔其身欲去即解組觀人去就閒賢否宜可覩子子岑溪長志不在升釜苦辭赤緊地甘與蠻獠伍一旦乞養歸肅肅冥鴻舉神劍有

離合義氣無間阻南海與北海會不闊一黍贈君白華篇他年入笙譜

將之豫章始發桂林

䠊䠊逾萬里家居僅三年胡爲觸熱行重踏豫章船低頭入篷底天地久迴旋羣山相遮留戢戢篷窗前揄手謝惶愧汝山其諒旃不見長空雲舒卷本信天飄風自南北與會與之遷陋彼當世子廣塗荆棘填處或籠禽如出亦驚矞然達哉列禦寇幹殼無殊焉

分水

詰曲不計里去家剛五〔日〕山迷回望眼水記別離名碧

覓分殘溜莢簷受晚晴那無鹿門隱慚愧說長征

出陸戲作用昌黎鬬雞韻

艑舸修觪横偪强斃可待舠艓轍鮒涸濡沫少精采擠排溼薪束操切小䋣殆拊背敵後迫扼吭險前在彌縫等偏伍磨厲儼戈鐵躁擾羝觸藩繹騷蟻趨壋烏集聲嘍嘍蠔粘形磊磊挽救河不繼鑿空道難攺無須鬻帆橐空驗風椋雌少休氣仍奮寸進退轍倍俄驚舟膠散僅免人鮓醢唇焦榜人喝舌撟壯夫餒方期鼠穴鬬未可雞鳴絡得閒師捲甲爭先墟趁亥通渠本利濟設險互功罪載觀二水源不受片塵涴到此輕性命遑復憂

貨賄沃焦嚮厲天尾閭波泄海一轉身入流三鼓氣已
怠處困能介然出坎宜慎乃倏爾脱蛟涎爽若裂繒絲
下瀨斯破竹中流擬歌凱叢祠猶祀馬英風想辟魄履
危托天幸默祐亦神宰辭筆賦短篇用代溪毛採

過浯溪有懷郭春林

浯溪渾在眼無數柳楊枝山月自終古樓臺非盛時雲
荒元子宅苔没中興碑起廢懷賢宰林宗更可思

望嶽

湘流不嫌曲貪看衹融峯丹壑以千紀白雲知幾重繽
紛疑隱寺蒼翠盡皆松擬採石囷藥難尋麋鹿蹤

題家青雷爲邢魯堂璵太守作把臂圖僕初觀此圖於京邸曾作長句一章浼先秋岑代書屬病憊不果今年秋與魯堂遇於南昌復出此圖命書舊作俯仰六稔而秋岑宰木拱矣覔舊稿不得更題此詩不禁其詞之悒悒也

徂徠之松新甫柏凌霜不折蒼虬脊彷彿太陰雷雨垂古鬣森森但深黑其下何所有佳泉并美石泉聲直瀉劈空青石勢欹傾掃飛白吾宗青雷子嗜飲頗似王無功一月二十九日常不醒醉語喃喃呼董龍與酣好書仍好畫白眼瞠天心膽大經營意匠作此圖石礀雲荒

看龍掛魯堂太守今之元魯山 柴車遠駕來荆蠻衙官
未肯辱屈宋後堂尚可延彭宣 京塵眯目還相對著狗
白衣多變態歲寒托契良有以 不入和氏門前槐柳隊
昔年啟牙籤鄴杜天尺五故人 寂寞返三山有酒難澆
任城土如今重展章江岸歲月 磨人經幾換一迴展卷
一沉吟淚痕較於前庋深藏紙 如新印棄涇金銷石勒
嗟何及眼前兀突魯靈光舊感 新愁百端集

題蔣湘雪知廉詩冊後

海内爲詞章心服袁與蔣二雄 方虎視餘子敢爭長撐
腸幾萬卷放筆一千丈蹋蹻思 從之寸莛發鴻響曩者

子才叟遲暮再游廣猥以魚目陋竟麗珊瑚網倘擬謁
鉛山嵩華一時仰嶠嶠寥天鶴胡遽謝塵鞅竭游章水
傍喬木繫深想不見玉局翁乃見蘇叔黨森森三珠樹
得一可概兩示我百篇詩過口齒牙爽征途懷古什議
論抑何讜但驚波瀾壯詎屑頭角倣吳兒浮豔體殊不
闞痛痒剞劂不遺力注意在矯枉既具龍文質日月就
磨磢佗時變化神氣軼霄漢上我欽前輩風讀罷屢撫
掌由河以測海於焉知所昉

羅兩峯聘鬼趣圖蔣心餘太史所藏每幅有太史

題詩時值炎暑觀之颯然寒慄戲成一詩

羅生自云目洞冥坐見若鹵之屬嘯於庭筆端恢詭彷
彿鑄九鼎描摸異類一一無遯情尸佗寒林見者罕紂
絕陰天幽不明長人土伯角㩳㩳牛頭阿旁顔髼鬙或
巍然屓贔鬼貌信可憎或約畧形似淡淡如烟青新大
故小見之肓左傳援此足證寍不經或富如石齊奴寓
金常滿籯或博如袁彥道一擲百萬輕田丞相驕兒不
讓陳幼公諷兒慵聽戰者爲國殤形夭死猶爭媢者粉
髑髏薤露歌傖儜吝者鑽核戎飲者閉關伶種種得鬼
趣不秖畫鬼形昔傳市壥人鬼參半人不識面目豈容
有差忒柳枝灼乳媼新葉試元石凡此儼然人往往混

人跡又不見閻摩王卽韓桯國顏子地下修文職彼人生不與人殊化去不應面乃革假云鬼貌與人異何得性情轉無二請看貪財好色一一如世間直訴人情同鬼魅自來畫犬馬難畫鬼易畫工將毋以欺世我無靑牛與髯奴安敢出無入有發論議嗟生具此手何不圖凌烟猛將白羽箭良相進賢冠區區寫此九幽魂毋乃冰雪雕心肝羅生畫鬼不減唐代吳蔣子作詩今之鬼董狐朝來揲筮得睽上此册何異載鬼車我不學柳元舉上章驅亦不學韓退之作文送日長展帙坐南窗勝似强人說鬼醒昏夢

大安寺鐵香爐歌

伊古博山何詭鬼人閒留此香巖海蓮華覆頂色尙青
荷葉承趺泥不涴扶持底用鐵昆侖任爾罡風吹幾倍
赤烏監造理難誣近出楊吳記可採沙蟲變滅黑雲都
三十六雄復誰在爾時鍾氏遭薦食江西捲土無餘壘
居然建元僭尊號何異公孫之與隗徵金鼓鑄噓佛燄
廣爇旃檀雲靉靆模餬歲月紀龍蛇彷彿姓名連藻采
鹸山煮海佐邦國關塞禁嚴犯者罪況丁末運苦蠻觸
大戟長戈宜鍛乃萬斤良鐵委無用似欲銷兵仗禪鎧
由癸迄丁凡五年鼎耳猶溫國已改洪州刧火屢灰燼

撝護翻疑有神宰吳其沼矣佛不鬬孰謂威宮能汝逮
摩挲頑礦豈相識愛汝英英閱千載

蘇公圃

手種千畦菜甲柔心憐孺子客南州鑿坏事與先民並
抱甕風仍舊俗留雙耳秖宜清穎洗濁河誰擬寸膠投
曲端旗裂長城壞更覓人間管樂流

贈別蔣湘雪用其集中和東坡岐亭詩韻

方諸本無情映月生淚汁意氣相感召如水之就溼豫
章萬人海舍子幾無得不恨得之艱但恨別去急章江
風浪闊匆匆散鳧鴨念子璠璵美寶器韜在篋閒値談

諧暢傾露肝膽赤十載苦研練元成衣尙白積久不能
平欲擲頭上幘舉世貴魚目枉下鮫人泣愼此百鍊剛
毋使鼻蟻缺未卜萍蓬跡復爲三徑客明日踏吳船相
思百端集

樟樹鎭卽王文成會兵處

成祖詒謀靖難名漢寧接踵亦常情摧鋒不用將軍策
堅壁何煩太尉營挾日戈船能破敵當時守令盡知兵
一朝浙士安危手忠肅曾經定北盟

龜灘

穹龜當我前舟爲龜所蔽長年勇於昪引舟出其背背

聞河容刀今見舟就礪隔舟探龜脊格格心膽墜桓溫徵險語惜未歷此地當年疏鑿手留此毋乃贅擬檄仰山龍轟擊玉靈碎猶恐雲安女簧惑爾同類我手無斧柯龜兮復何畏

堰

放舟宜春口堰築疊糕樣銜尾集千艘亘天牽百丈人力與水爭水勢與舟抗二者相格拒鴻溝闘劉項水一有不勝舟乃得寸上出險實僥倖失據易成喪篙師尚倚息一堰已在望揆之築堰者豈欲生礙障水利歸三農食爲民所尙譬如春雨集農歡行旅悵天地豈有私

捋衕慎所向不見田閒叟聽水植其杖吾將從其後爾堰焉能妨

哀江

最愛宜春水青瑤詰曲流遠帆疑在陸斷岸忽通舟沙觜機舂急林端山市稠停橈詢土俗何異狎馴鷗

分宜

一角孤城長薜蘿行人指斥相嵩多妻賢勝載亡爲幸兒孽同京老愈訛午夜青詞方繕進四郊戎馬任經過東鄉抵死推前輩才不才如後世何

能探神龍嗜欲存屈伸可擾似蝶螈時君護短威羣下

宰職乘機侮至尊始信逢于非俊物誰言楊沈是冤魂
華亭也自工摩揣欵段何由出禁門

水碓

杵臼無窮利伊誰巧思深從教省人力終覺厭機心宛
轉溪中宿高低天外音百年粗糲慣聽爾愈愁侵

雲居市柳

山程記得雲居市前度青青柳色黃貪與行人遮眉語
不知身染板橋霜

萍鄉

筍輿行木末一徑下秋原小邑烟隱現夕陽山吐吞館

人徧厭昔天氣異寒溫欲問歸遲遲臨流駁才疵

湘東道中

秋林俱平衍高楓一何挺時於青鳳羣突見孤鶴頂扁舟下清瀨百折逾幽迥新蟾來水面蕩漾光不整目睛盼然眩欲眺不敢騁如何熨波平坐令千月併豈無風露侵覝此中流景山根一抹烟知是茅屋影借問幽居人清夢諒已醒

舟人子

舟人幼兒方亂齒手提長篙不畏水自言生小船爲家常販吳鹽并蜀麻巴東曾窺三峽浪春風屢看齊安花

我謂幼兒勿漫語洞庭水滿怖煞汝兒謂客言信不欺
我初泛湖怖欲啼頻年湖上往來熟高歌滄浪濯我足
九江洶湧勢吞天高掛蒲帆至一蹴我頷兒言太息頻
少成若性古所云幽并以北長城下邊兒十歲騎大馬
霍竇兒郎生拜爵宣室螭頭行自若我呼幼兒且安坐
水能載舟亦作禍由來沒人必善溺他日中流好看柁

泛月

耿耿見秋痕月明初破昏水連湘境界山峽岳兒孫荒
戍夜無火孤村早閉門舟行向何處清夐惕心魂

紅對

詎有拂雲幹競爲時世粧不因紅紫色誰見淺深霜似
客感秋氣入波翻夕陽火山千萬簇無樹是青蒼

野鴨

野鴨飛不去湘江多軟沙自憐雙翼短慣是一行斜水
荇唼寒碧秋蘆鋪白花舉頭問鴻鴈何事學浮家

全州道中

湘源僅濫觴況值霤濇我復溯洄上力挽不逾尺水
中蒼龍偃宛見之而跡都無徑寸波強聒千礔歷舟膠
絓而止天色昏向夕風雨繞舷至㶁㶁不少息有如懸
孤軍四面縱鳴鏑不知軍度廣時見白羽激往者輕舟

下潰潦適騰溢南風生肘腋坐看兩岸失昔爲邁往鶻今作退飛鷁來去此一途難易霄壤隔恍然損益理上下繫一畫人事苟如此即境忘順逆

殘菊

荒圃秋容老離披尚耐看風欺渾不落霜飽未全乾珍重芳盟冷流連酒盞殘詎宜酥酪薦正可楚人餐

歲晚即事

貧家艱節物膢臘費支持歲儉無醇酒心平秖淡詩停鍼憐婦訊煨芋待兒飢不是經營嬾生涯畧可知

墐戸昆蟲似衝寒怕詣人久無行藥句坐老著書身兩

凍泥難坼冰膠瓦亦皴餅梅應念我借與一分春

寂寂寥寥夜沉沉坐向關鼎鳴蠅趁暖篆爐鶴言寒時
起探書卷吟成鏤肺肝也知蟲食蓼舍此若爲歡

臘饞餘幾日雪意未曾休興與年消息春因閏逗留傳
來新鳳歷磨損舊駝裘頻看池南柳眼舒猶帶愁

一夜驚鵲亂擁爐冰雪晨遙知龍麝餅不敵馬通薪趺
坐學僧定圍來還鳥伸世間炙手熱未可與同論

正月十三日攜兒輩出游將探棲霞值有司公宴
遂不果返憩普陀巖

今年蕉事特逡巡屈指青陽到二旬嫩綠遶城開野霽

小溪逼漲入江春攜雛身比林間鳥印雪蹤尋壁上塵壁間少鶴題句去歲同游書也仙境由來足官府肯將管籥付閑人

米南宮畫像拓本爲王若農贊府賦有序

桂林伏波巖有米南宮熙寧七年題名方好庵信儒因勒南宮自寫小像於左上有高宗贊傍有小米題識其下則好庵跋也南宮宦粵本傳墓誌俱失載在好庵時已不可考其來游蹤跡有確據者僅此存耳王贊府尚珏搨裝成軸自爲詩歌更索余題余按海岳遺事云米公自寫眞世有數本一本古衣冠曾入紹興內府有其子友仁審定贊跋蓋卽此本是也外

一本爲蔚養直題一本唐裴據按執論十七帖者元章自書棐几延毛子明窗館墨卿之句至蕭閑堂畫像則楊之儀筆也兹考其顛末並係長句以復於贊府云

海岳外史古衣冠面目彷彿神獨完我疑當年僕僕拜此石正如通犀留影不可刓捫苔更讀好庵跋始知古人好事今所難思陵奎畫鬼神護虎兒審定蛇蚓蟠鸞標玉軸久寂寂乾卦小璽猶團團紹興御府藏書畫式標白玉軸諸畫並用米芾雜畫用皁鸞綾乾卦印見齊東野語蕭閑堂壁已如掃據梧形化何從觀端須位置巖穴裏石壽遠過縞與紈茫茫宦跡遠莫

考賴此可證傳誌之叢殘公之來游足爲此地重公之
輕重初不在此官要知履齒曾一到何必博訂心力殫
贊府嗜好古賢匹烟墨日搨青琅玕裝潢整飭題句好
健筆直壓千峯攢聞君將以寄京國不覺抵几爲長嘆
楊次公輩那易得顛也不死寧免白簡彈何如懸高齋
爇以沉與檀紅蕉丹荔潔可薦墨卿毛子功不刊請持
斯語質外吏莫道饒舌呵豐干

寄李石桐少鶴兄弟

石叟擢修幹卓然如石介說詩用泰法棄灰者抵罪紛
紛柳下季常苦伯夷隘鶴也萬夫雄自負本領大鵾鵬

不受縛溟渤供育怪椎成示敦樸剸犀見鋒快於法不苟同於古兩不背其音卽非至要亦梅蘇輩世耳不易悅姦聲復相害譬張咸池奏勿與巴里對譬齋章甫冠毋向荆蠻賣斯文有代興相期百禩外

余生托寒素依人比賃舂豈爲諸侯賓慼激夷門風之子何所聞顧我蓬蒿中歡然采我詩牛鐸應黃鐘我詩何足陳恐不察我衷勿謂寒巖木隨分汚春紅丈夫各有心不爲可憐蟲重子類古人聊復披心胸引領望朝日寄懷東海東

晚桂用飛卿體分韻得江字

月宮仙子誇無雙青女飛來心未降寒巖忽發黄梧葍
依約金蟲堆夜釭麗華喚起態嬌澀青蓋應憐人渡江
斜枝擬借吳剛手豔曲重翻都子腔蘭芳菊秀兩寂寂
莫負玉蛆浮玉缸爇沉搗麝豈無意趁暖蜜官時叩窗

九芝草堂詩存卷第七

九芝草堂詩存卷第八

臨桂　朱依眞　小岑

戊申元日

今番歲事定如何曙色纔分氣象和日出欣看雲破霽祲消無復海揚波時台冠將平長腰米價增如舊墮指寒威減較多至竟昇平好時節誰家庭院試笙歌

東郊

東游第一次景會頗幽閑半醉辛盤酒橫斜已字山菜蕃風挾潤衣襭雨成斑願學東皋子結廬田野閒

發桂林

首夏辭鄉縣澄江繅練絲小舟凫鴨散慣客燕鴻期落日虞祠掩鳴橈楚些悲閑雲擬相送故故出山遲

靈渠石

靈渠一片石曾此識秦人苔面濯時雨土花埋古春林昏微辨路巖淺僅障身賸欲呼長炬鐫題半未泯

題家鏡雲天際歸舟圖時鏡雲將由粵返京師并以誌別

江風吹豫章與子江上別一別動十稔能不悽心骨憶昔燕臺阻相倚若蛩蟨朝攓西山雲暮踏蘆溝月繙經古寺幽衣上苔花結眼看十丈紅胸貯一團雪泊予返

桂林聞子初釋褐猗歟好兄弟接迹趨瑣闥不謂邂逅
閒共此南州熱泛舟將奚歸夢繞黃金闕心知志鍾鼎
無復伴巖穴區區藜藿謀未足資一吷努力各强飯庶
幾保黃髮

又題鏡雲紅燭修書圖

銀燭搖紅半臂寒風流小宋畫應難傳來甲乙煩精婢
點定焉烏付寫官秘記曾探緗袠舊異聞新飽羽陵殘
平生亦有書魚癖一炷熒熒坐夜闌

登滕王閣僕自乙亥登此迄今三十四年矣

壞闌干外漲痕新岸柳汀楊翠半湮樓閣名猶稱帝子

江山美不藉詞人陞中蕉鹿信非假天際臲卼愁失眞
轉覺登臨無壯筆自憐歲月老閑身

夏日訪吳蘭雪嵩梁於永福庵庵有千葉蓮花時
已謝閱壁間咏蓮長句以謫仙自況不虛也然重
有侘傺無聊之意何哉因用原韻奉簡

招提境偏火傘紅蓮華落盡空懊儂山僧爲客設茗飲
渴吻正擬尋王濛憩陰息影禪榻據芬陀利香自何處
壁間秀句染烟霏初日芙蓉嬌欲吐玉缸濯錦烘早晴
伊人筆底花怒生癯形舊識維摩詰文字初交馮道明
江南水調無人採寂寞蛾眉悲絕代從來百憂能損人

莫遣星星鬢容改詩書會是折肱三裘馬少年多負薪
塵中未邀伯樂顧神劍張公有時悟芳蘭自焚膏自煎
不如委運心漠然異時果踐三峯約共向蓮池泛鐵船

題吳白庵照畫蘭竹大幅

渭川千畝老可胸谷香獨重所南翁板橋復堂今又死
爾來此派成衰宗白庵妙墨何所授側釐紙上蛇鬬風
芬絲求治有條理坐令九畹闢蠶叢美人拏首自娟好
醜婦捧心難爲工闖然石背出風篠儼若少女窺牆東
此君奇氣畧可見馳騁古法皆絶蹤聞君浮湘探楚阻
九疑連綿楚天雨蘭葉叢叢憶左徒竹枝斑斑泣湘女

料得華源師化工百怪刺腸時一吐神來不計毫與楮元氣淋漓衆香祖張之素壁卻秋暑白酒載斟琴載鼓勝讀離騷二十五

謝白庵惠叢蘭便面

啟扇風滿握挹君蘭蕙香怪來羈枕上頻夜夢瀟湘幽磵不知處美人隨意糚棱棱千萬葉誰解抱孤芳

題白庵板橋雜事詩

吳郎苦愛吳娘曲暮雨瀟瀟不肯回爲問秦淮嗚咽水百年幾見謫仙才

余懷記裏傷心事詩句錢王感慨多爭似太平新樂府

頓楊聲價總輸佗

名士妖姬入美談令暉才調詎相參例應消得漁洋𢤱

白髮青鐙紀阿男

舊院風流紅板𣺌妒君明月聽吹簫十年也作金陵夢

但見青山似六朝

送白庵回里

吳白庵天旣錫子以異形雙眸炯炯如曙星高秋鵰鶚

雄顧視地上鷃雀空傖儜吳白庵天又賦子以美才天

風海雨趁筆來如子人材自千古倘覬富貴何爲哉洪

州客舍初識面桑陰未移肝膽見遂巡示我數篇詩金

焦之作尤崛奇身坐妙高台胸吞鉅海水釣竿一擲員
嶠沉千里長鯨不足餌隨緣更到青溪旁健筆倏變紅
粉香輕肌細骨呼欲出板橋珠市生輝光我來豫章郡
觸眼皆紛紛兩年物色果何有所得二吳二雪纔三人
蘭雪低頭困場屋湘雪謁選留都門子今別我復歸去
難聚易散真浮雲何時並棹桃葉渡春滿河房花帶露
琥珀酒金曲巵爛醉和子秦淮詞樂莫樂兮不自持世
間齷齪那解此毋令青山太白知

題萬芝堂廷蘭東齋課讀圖

畧蘙芋茨見古淳地偏花藥有精神家風遠過劉長沙

童子皆如井大春天際鶴鳴時上下隙中駒影易因循

繪圖拈出窮經力不取浮榮眩後人

先生自擬葛天民翰墨羣推老斲輪宦海風波雙鬢髮

故山烟月百年身雞窗맥喔情懷舊荆杖摩挲淚眼新

秪此蕭閑齋十笏境非輞口亦堪珍

九日游北蘭寺

秋屏閣下值秋清三十餘年耳寺名一角荒亭生客感

兩厓風葉貯江聲得知霜訊來鴻鴈插到萸房憶弟兄

帆影林林盡南向固應難遣此時情

昌山甕和松圖韻

舟人曉啁哳猿鳥雜吟呀須臾見朝曦一洗宿霧重翩
翩黃蔑舫不假靈風送怒灘犬牙峙宛轉投隙縫仰瞻
高山靜俯聽衆流鬨黿鼉深叵測鷗鷺近可弄倏然物
累遣秖覺靈府空平生歷夷險久久無怖恐驅轡羊腸
坂放棹人鮓甕於此寄吾心蓬窗且高諷

臨江

臨江逢綠橘九月未霜天客子感時序居人樂有年水
清茶沁齒酒賤秫堆田即境懷吾土徘徊落照前

好風

歸思不須切好風終日催山趨衡嶽去人溯碧湘回芳

草經秋歇霜天傍午開今宵應有月更與泛吟杯

瀟湘

海客瀛洲未足奇瀟湘深處晚秋時山多平遠爲家易樹雜丹黃入畫宜農畢烏犍閑麥壠漁歸白鳥跱蘆碕秖愁靈境須臾變隨地標題付小詩

月夜浮湘

推篷眠不得徹夜看瀟湘水底亦明月天邊惟鴈行似於塵境隔失記客途長若就君平問應來織女傍

湘口

烟月一時涌瀟湘二水流篙聲透危峽樹影上扁舟犬

吹村全隱漁回燈半篝春陵今又過不日抵吾州

全州

舟泊湘源近大堤鄉心懸隔斗門西月珠倒影寒蛟臥城柝無聲老鶻啼身世不妨隨俯仰川途何用計高低從渠中道波臣涸但乞監河水一蠡

松圃諾惠白酒度歲恐其久不復憶詩以索之

吾怪周伯仁過江三日醒亦嫌何水曹眼不識杯鐺人生但酣醉汨沒靈府靈假使獨醒然磊塊何由平稍稍得酒趣曷必籍與伶矧茲介膢臘次氣逼王正辛盤蒭韮黄佳果擘香橙此時無一杯何以眉壽稱此時無一

杯屠酥誰與傾市酤卽不乏飲溼顔微頳我非大戶儔嗜辛有同情擬師焦革術不諳甘露經君銜非麴部有廚如步兵向蒙千金諾屈指春風生恐遺燕公珠輒悔秦王城奉詩申前請想見雙玉瓶胥來食指動載拜邀酒星

歲朝雨中作

歲朝風軟雨絲輕似爲天南洗甲兵梅訊乍攙醲酎味簷花時作坼冰聲癡兒學寫宜春竟弱女初裁綵勝成貧裏莫嫌無節物比鄰丁壯盡從征

讀史

儒者安成久負慚徐江白面復誰堪分無馬上封侯骨
銅桎功名莫妄談
一將三軍寄死生如何趙括易言兵殘骸合作長平土
忍向邯鄲聽哭聲

松圃惠酒佐以醉蟛蜞作此志謝

我乏牀頭錢亦無田種秫歲宴偶思飲輒效蘭成乞何
期赤泥封濫勝及海物美媲含黃伯形侔大王越本憶
文君壚倏見長卿渴何年飲濡首遽令醉至骨勸學詎
牴牾爾雅實疏脫未讀蟹春秋空辨足六八烹庖既失
所荒傖幾不活念茲醞釀餘性味乃迥別何暇羨持螯

連筐付齒決芳膏一沾溉雋永百味奪頓增戶十倍引滿杯屢竭君家醒酒石方此毋乃劣第憾步兵甕不敵

酒泉闊

陽朔

桂山勢奔突傲不就規矩我疑造物初礧磈期一吐不然豈盧生童立復何補宛若指在掌莫辨十與五枝駢未可屠蹠戾得無苦畫山稍整飭黑白繪扆斧晝猿啼一聲晴翠落如雨昔之避世人桃源浪稱詡何如處平世於此結衡宇桑麻半無稅雞犬各有主畢生青嶂間曷必定太古

次山冰井追和李少鶴韻

從來巧宦趨向火夏蟲不可以語冰漫郎胡取於此井
坐令炎海生陰凌我行觸熱不敢照赬顏白汗殊可憎
維山之陰水所出日車不到暑不蒸修蛇赴壑行委委
寶鏡出土光澄澄飛花時見寒淞集懸霤疑作鷺管凝
含芳漱潤供一郡屯膏詎肯懷女貞園公澼女走絡繹
羸瓶斷綆聲交砯惜無砂鐺煮活火乞取一勺煩山僧
吏情苦憶救時結題句更懷破桎膺作詩和汝擬相寄
河魚天鴈無由憑

松圃招同楊蓀圃與植歐陽磵東紹洛兩孝廉胡

雒君虔徵君壺山看桃花遂至棲霞寺宴集以花塢夕陽遲分韻得花字

北城花事日漸差卻來東觀尋芳華一拳蒼玉類壺注陂塘掩映春迴遮青山昔痊酒人骨幻作無數原上花春光如海望眼闊錦浪起伏隨坳窪連朝卻苦風雨劇常恐脂粉汙泥沙繁枝耐久自天意留春相待何厚耶逡巡轉魁地名憩佛閣城闕歷歷懸畫乂食單飽具肴饌味齋廚雜進筍蕨芽舊游檢點近廿載歲月飄忽波中槎當時題句迹如掃不見淡墨凄昏鴉後之視今豈異此而況白髮生亂麻清歡易失難把玩不惜酒盞頻

頻加

攬勝亭次雒君韻亭仿坡公擇勝亭遺製

欒欂檐楹能散合規模畧仿長公銘也知風月無常主
暫爲溪山設此亭花下頻移人撫蓋水邊畧占鷺窺汀
天涯處處皆吾墅何必名園再扣扃

松圃招游寶積寺讌集酒酣賦此時歐陽磵東陶
季壽章鴻在坐

身閑不厭尋春數況值鶯飛草長時白日斜明山半面
綠陰濃襯雨千絲巖光久失危亭跡石鏡空澂散騎詩洞前郎元晦巖光亭遺址石靜如開鏡晦詩也卻笑共君年百一風前鬬健[illegible]

筇枝

游朋喜值歐陽子吟社新添靖節孫得意篇章誇濯錦放懷巖穴更開鐏酒邊署借朱顔色座上全輸綠鬢痕說著身名堪一噱獨憐清與老猶存

李春湖宗瀚學士招集南薰亭看栄花

黃陵洲畔重登臨倚檻層嵐列玉簪茶具静涵春水碧栄畦遥斂夕陽金高齋學士襟懷爽接席賓朋笑語深顧我嘗沾穆生醴不辭衰朽共追尋

壺山看桃花遂至棲霞寺小集因感懷謝蘊山啟昆中丞

安排行幰倚雲根天氣初晴未曏暚正恐春沾連夜雨
卻看紅漲去年痕紛紜紫陌人何限咫尺仙源境尚存
獨有尊前泉下感憑誰指點謝公墩

隨意橋東步屧遲禪房又見白辛夷摩挲詩板塵蒙裏
寂靜經魚梵放時精膳漫分齋盋供肉香仍檢食單齋
相於幸此餘年健送謝迎繁莫後期

癸亥十二月十九日東坡先生生日陶季壽明府
招同人敬舉祀事於湘南客館爲賦是詩

陶侯天下士才俊不能忍吾於履屐閒往往見其隱平
生慕蘇門擬接晁張軫繪圖比繡絲題句致欸悃茲辰

公以降汛掃隄牐醖食案飣蕉荔齋厨薦蔬筍密閣僅
容笏靜對絶塵坌馝馞香盈室青紅氣浮蜃怳忽儋州
翁駕海來殷殷𫍭鯨奮長軀天吳競前引審視三尺檯
似覺笑容輾遙遙宋丙子逆數千歲近崎嶇嶺海外精
爽宜未泯我前瞻拜餘嘅嘆吐辭懇昔公晚和陶步驟
抑何謹食報彭澤裔於義實相準侯頗韙我言顧我領
而哂福胙召同志把酒坐淸穩願毋廢此觴歲歲祀惟
允俎豆修以時傳燈迄無盡

徐臨谷學謙孝廉挽辭

大息南州徐孺子何殊天上石麒麟辭家遠託平生友

力學初忘現在身醫好空探囊底藥文工早泣臟中神
公車七上成何事章布寧無不朽人

李匡竹宗澳志於詩間以詩法質予愧無以答其
意爲述古今得失平日自厲者贈之

少年志聲詩僅取諧商宮遲晚始有覺精力恨疲癃有
如觸藩羝難以衰氣攻然於得失間畧可言其蹤古人
究六義顧尤長於風漸摩自上下諷刺所由通措詞各
有指托義要非空至於抒性靈隨境披心胸觀感屬有
契流咏自無窮毀譽身兩忘巧拙心弗容譬諸削鐻手
神遇斯爲工今人不師古古義誰復宗但拾王朱唾便

稱藝林雄僞器飾梔蠟市娼抹青紅[illegible]不悅人而不知有躬阿諂干達官矜驕昧[illegible]曾睋陋之有目前不滿一笑供徹死了不悟誰與攓枯蓬學者所深誡吾儕幸鑴鼈與爲燕璞珍窔爲爨下桐將俟千載知毋期旦暮逢之子鵬鷃姿志在烟霄中文史樂餘閑詩思頗衡縱擬尋孤竹途猥以老馬從愧非若耶水莫淬干將鋒聊復述所見用效區區忠

補遺

次韻松圃喜余歸自閩南因憶少鶴

出處升沉兩背馳相逢重訴十年悲共憐飛鶴辭華表

自愧一羊泣路歧此日交游悲掛劍異時風雨對兹詩
多君高誼懷三益砥礪終須與古期

題畫

老樹無膹葉青青亦有時幾回烟月裏飽看拂雲枝
孤亭卓臨溪喬木陰在地鳥散人未來欄杆濕濃翠
迢迢村落明縷縷炊烟直不見趁墟人隔溪收暝色
千巖飛瀑鳴昨夜新雨足料得山中人荷鋤啟茅屋

九芝草堂詩存卷第八終

味腴軒詩稿初編

味腴軒詩稿初編

卷一至二

味腴軒詩稿初編

弟祝祁謹題

光緒拾玖年癸巳孟冬月發刊

自敘

余少嗜詩自同治己巳後南北應試舟車雨雪中往往發為詠歌以抒其侘傺無聊之致顧識闇才陋不足舉以示人所作輒隨手散佚罕有存者丁亥妹捧

檄古咸京一行伶吏此事便廢
其間偶然有得皆于役時模山
範水自寫幽憂更無復贈囊情
趣矣壬辰春　先君子諱還山
冬日負土事畢常集諸昆弟連
床夜話時積雪初晴朔風撼樹

聽村巷犬吠聲如豹與打窗敗葉撼〻爭鳴幽憀之境翛然塵外因起拾階前落木撥獸爐煑苦茗數甌啜之取生平所作詩長歌當哭仲弟竹君讀而癖好之亟請付諸手民余惟詩不足

存而半生来味古之腴矻矻手
是間亦有所心得乃與諸弟重
加編汰得詩若干首釐為貳冊
冷唫閒醉大抵道塗之什居多
殆所謂勞者歌耶光緒拾捌秊
仲冬月眉君氏自識

味腴軒詩稿初編 光緒乙亥起

古容莞封祝唐眉君著

曉發

曉發黃州城雲開片帆疾洪濤日夕翻東去蛟龍出波光蕩遠煙山影浴初日起視江天寒人家杳蕭瑟

雨登晴川閣

晴川傑閣勢崔嵬濁浪排空去不回三楚雲山當檻落一樓風雨壓江來帆檣歷亂斜飛鳥亭榭空濛畫舉杯向晚郎官湖外望斷虹遥亘伯牙臺

舟次大風雨三時始休夜後倚舷作歌

黑雲四壓如車輪雹洸激射疑攫人萬木無聲盡僵立
半天赫赫容垂嗔我時一葉江之濱尺地以外洪濤鄰
江豚吹浪浪倒湧飄風颯爾來前津俄焉顛雷捶篷背
繼以猛雨傾船唇谿頭茅屋捲入水岸側栁樹摧爲薪
此時輕帆貼堤落微命獨與長年親枯槎繫纜亦云幸
直憑一髮迴千鈞狂飆轉怒天轉晦欻聞巨石崩崖垠
暗中欲與霹靂鬭恍惚萬怪飛青燐高歌未能且危坐
縱有意氣無由振篙師迴顧面深墨吾其魚矣隨波臣

誰知雨急不逾晷打篷漸止天容皺前峯千丈陡懸瀑
隔浦百斛猶揚塵宵深諸變頓澌滅蛙聲閣閣鳴青蘋
轉嫌奇景過即逝起舞不覺雙眉伸開窗四望水雲淨
大呼明月眞前身

登岳陽樓

高樓上與浮雲切倦客閒從落日過試向湖天空際望
君山一點小于螺鬟
三杯濁酒數聲笛一幅輕帆萬頃波莫怪凭欄倍棖觸
從來憂樂秀才多

晚泊湘陰縣

暮靄蒼然合離帆薄洞庭荒城開水市孤墻響疎鈴星斗寒芒閃魚龍夜氣腥遥憐隔江郲如爲故人青

三門灘

鷓鴣啼未了一棹泊三門邨遠炊烟直河懸落日奔鐘聲隨夢醒人語挾濤喧不信歸舟寂同傾舊酒尊

零陵途次曉行

西風泱漭捲浮雲秋影涵江叉鴈羣一水有情含落月數峯無語立朝曛古松鬱鬱蔭封堠芳草萋萋迷亂墳

馬上夢殘何處續疏鐘凄斷隔溪聞

全州道中

煙篷雨𩂯倦孤征回首關河不計程茆屋依山時露脊雲峰迎客各無名村原樹色懷前度驛路蟬聲送曉行苦憶昨宵投宿處月明如夢聽雞鳴

宿咸水

寒山秋暖輭風沙晰遝盤紆日半斜行盡松林三十里遥天一抹麗晴霞

溪流迴處見叉魚漠漠寒墟薔木疎返照一鞭鴉數點

市橋人語上鐙初

江行即目

朝從青溪來暮向青溪宿青溪悄無人山山浸寒淥
天空秋氣深江闊夜痕靜木落野猿吟蘿月散清影

題外祖王望卿公詩集二首

茫茫閱世幾高歌大筆淋漓自不磨白傅才華平淡好
杜陵詩卷亂離多身從歷刧翻長健鬢爲憂時半巳皤
兒女情懷鄉國恨一編相對重摩挲
潦倒名場六十年空山風雨冷吟氈貽謀式仗經爲笥

娛老猶將硯作田詩有眞詮如我法生無媚骨受人憐
躋堂幸逐諸孫列分得青箱一瓣傳

扶桑山寺讀書漫題壁上一首

雲蒼蒼水泱泱一峰陡起名扶桑誰從海外割半角和雲擲向容州旁蜿蜒如龍屈左臂背枕都嶠前天堂（都嶠天堂均山名）長松百尺扱空峭四時黛色疑皴皵何年鑿壁搆蘭若嵯峨佛坐濃陰藏幽閣三間瞰絕壑當軒列岫爭低昂小溪繞寺曲如帶波紋滑笏涵天光隔岸人家隱烟樹稻花漠漠平疇香朅來讀書[illegible]靜觀諸有

難其詳書[illegible]世緣淨高[illegible]往往[illegible]每聞晨鐘
發深省卻欣宿鳥鈞新吭當其妙悟若有得快意直欲
淩八荒我聞海上山巨浸環蒼茫虛無縹渺際杲杲輝
朝陽茲峯何者堀頡頏誓將乘楂泛暘谷一覽日出神
飛揚詩成山靈似我許寺樓颯爽松風涼

春柳

楚江垂柳自年年展盡飛花媚遠天隋苑春遊驕萬乘
漢宮晴態倦三眠清愁合譜桓伊笛妙詠初分謝女牋
唱罷陽關無限壘不堪攀折大隄邊

和風和雨送清明綠徧長條畫不成幾度凝粧愁翠黛
十年回首泣金城邗溝日暖深藏燕灞岸春歸曉囀鶯
爲語韶光好珍重永豐坊角最含情
濃陰深護白雲居似此纏綿獨起予張緒風流年正少
王恭才貌世應疎袷衣蘸影春波外金縷翻歌夕照餘
休向章臺閒走馬青青流盼恨何如
東風作意捲絲勻陌上依依送畫輪遠水澹描青眼漾
曉山濃鬭黛眉新鬭心離緒曾千里彈指穠華又一春
娃館宮衣葉染汁玉鞭斜指燕姬闉

藤江眺蘇亭

平明發都嶠薄暮登蘇亭亭亭俯碧水山色浮空冥緬昔帽山老高躅曾此停流觴弄明月舒嘯淩滄溟遷謫豈不苦快然如未經我來鐔江側懷古欽芳型俯仰八百年落日風泠泠欲涉采芙蓉聊以薦幽馨狂飈不可渡浿噴蛟龍腥大江從西來文采長飄零一杯爲公酹數峯亭外青

抵昭平

雞鳴挂帆起初日到昭平一水綠侵岸萬山青壓城

嗚知寺近柝響報濤生幾片蒼烟外漁歌空復情

偕同人遊月牙巖

桂林山水天下無一邱一壑還自殊平生滿擬窮五嶽
對此已足供清娛隔江蒼翠空濛處月洞崟岈中有路
何年玉斧劈飛仙石棧天梯莽廻互滿巖叢桂玄鶴吟
落花如霰秋山陰羣峰拂面悉奇氣流水無聲清道心
小溪下繞橫如帶溪橋影拂垂楊外疎鐘幾杵天欲摇
歷歷烟村界青靄盪胸决眥何雄哉狂呼攫石傾新醅
要將一盞寒泉味吸取千崖秀色回呼童亦嗇巖不置

鄠杜界獨何炎州挺幽怪我亦天南僊隻人欲起山靈同一慨

獨秀峯

江河日趨下一柱聳南州作勢崑崙小奇觀岱岳浮神仙招上界星斗摘高秋長嘯振衣起蒼茫灕水流

獨宿

獨宿江城夜漏闌酒酣燈炧感無端美人挾瑟洞庭暮客子微吟湘水寒征雁那堪秋後聽好山留向月中看芳潭十里波如鏡欲采幽蘭寄所歡

將抵蘄州

征途回首布颿安節候關心近小寒曾見龍磯情更怯逢人眞當故鄉看

江上

客緒逢春强自支桃花浪湧峭帆遲瀟瀟暮雨江南路愁聽吳孃按曲時

揚州夜泊

廿四橋邊月盈盈伴客舟簫聲何寂寞今夜宿揚州賸有吳趨曲頻添楚望愁雷塘水嗚咽終古向東流

敘興驛曉行

官柝聲沉夜漏忙驅車伺曉路微茫殘星數點月初墜零露半衾天正涼樹色朦朧迷野渡烟痕隱約認山庄薄寒未敢搴帷坐愁賦宵征第一章

新泰道中

淩晨動征鐸霽色散林表宿露猶未晞郊塵淨若掃天寒石氣肅郵遠烟痕小杲日忽東升岱宗青未了

春日遊都門城西花墅

賣花聲裏春光曙看春未識春何處深深花塢春城西

三請黃鸝喚人去輕車轂轆廻斜街馬頭拂拂香風來
欒欄竹栅相向背出牆無數夭桃開停鞭失喜識春面
取次芳畦品題徧馬塍舊說江南春何似東華鬬娟豔
主人延客開壺觴爲言今歲多驕陽安得春陰十日護
乞我夜奏通明章花底沉吟日將夕隱隱花鬟如送客
拗取穠華壓帽歸九衢踏月籠春色

雨過

雨過纖月生清光鑒書幌穮穮羣動裏獨此觀微尙方
寸本太虛流雲自來往

曉過什剎海

尺五天邊曙色饒鳧鷖拍拍水平橋分明一幅溪山景千柄荷花萬柳條

通州夜泊與李翰卿同年談都門近事感成二首

旗亭酒醒竟今宵如夢歡場話寂寥未免有情空目想不曾眞箇最魂銷春鐙記曲拈紅豆夜月開尊度碧簫眼底匆匆成昨恨舞衫歌扇總無聊

曲譙曾陪二月天碧桃花下敞芳筵瓊枝坐對心先醉綺語飛來夢欲顛華燭金樽春似海玉簫銀管夜如年

而今相對成相憶惆悵空江悄泊船

渡海

海水東南趨天風氣湍激孤危託神貺飄泊任所適蛟蜃饑呷人往往露其脊軒然大波起呴沫渾無跡望洋古所歎我乃恣行役淩虛睇長韓乾坤勢包坼鵶飛不到處浩浩無終極木華與張融意搆身未歷千古稱賦才徒博馮夷嘯我欲躋蓬萊復濫水晶域別撰乘桴記一洗經生僻長謠不覺曙曉日扶桑赤

遊四祖禪寺

一角寒山積翠深鈴聲佛殿晚陰陰閒雲流水自來往
皓月蒼松無古今樹色夾城春雨暗湖光吞座夕陽沉
綠天清鎖紅塵遠坐聽疏鐘契道心

步出

步出城東門遍踏郊原路椰條綠始蘇草脚青微護殘
雪猶未銷空濛遠山暮指點雨湖中漠漠飛水鷺鼓角
催嚴城暝色黯烟樹四顧空蒼茫怡然得眞趣長嘯倦
歸來野寺雲生屨

春日漫成

春氣融虛檻池冰漸作澌梛低雙燕彈花暖一蜂知埽
石安碁局開軒縱酒巵階前有紅豆小摘最相思

昭君曲

黑風吹面黄沙苦琵琶一曲悲胡虜君王遣妾妾不辭
萬里長征淚如雨但得邊關烽火息蛾眉安敢將身惜
即今青塚草萋萋猶是宫庭舊顔色信知作合非偶然
畫圖一誤長千年當時未嫁單于去玉顔冷落終釵鈿
君不見漢宫多少傾城女頭白長門黯無語

乾明寺江樓題壁

廿年苦戰餘殘壘寥落乾坤復此樓山勢岧嶢連鄂渚
濤聲日夜走江州舊涼殿壁虛銜月寂寞魚龍冷報秋
欲擊銅琵天向晚平沙漠漠起寒鷗

秋夜口占

新涼側側沁窗紗秋思無端感物華蒐砌亂蛩悽訴月
小闌寒蝶暗偎花澆愁莫覓中山酒慰寂還烹顧渚茶
坐久忽聆宵柝轉梆條西北一星斜

泊韻

與熊福民考功談都門舊游感成二律用通州夜

天涯孤負此良宵舊夢宣南寄泬寥落拓不堪愁是伴
温柔眞要福能消看花記按紅牙拍弄月曾調碧玉簫
今日因君試回首酒痕詩思兩無聊
旅懷撩亂菊花天猶憶春穠玳瑁筵金谷酒闌鶯語旖
玉街人醉馬蹄顛香薰荀令曾三日唱別何戡又一年
便欲與君同北去秋風爭泛米家船

晚泊道士洑 即西塞山屬大冶縣

停舟西塞曲一棹翠屛環流水杳然去桃花相與閒雲
根青削壁日脚赤沉山渺渺元眞子高蹤不可攀

春望

細雨霏霏入暮天倚舷春望倍悠然小橋簑笠漁歸浦流水桔槔人種田樹色烟痕澹遙裔湖光雲影相淪漣韶華如此容高嘯商略閑情到酒邊

武昌縣

五年重作武昌游城郭蕭條半似秋遠浦綠蒲漁父艇隔江黃篾酒家樓烟銷樊口波如熨雨過寒谿翠欲流莫向深宵聽鼓角笛聲帆影不勝愁

泛月湖小憩羅氏湖樓

一曲郎官水還同僕射陂故人方出使遷客此題詩柳色青欺髩湖光綠上眉風流不可作望古意遲遲
漢上忘機叟幽棲此築樓到門山態活隔岸市聲浮高詠招黃鶴新盟訂白鷗沈吟廻俗駕水竹媿含愁

安陸謁故明興獻陵

荒陵駐馬夕陽昏故郡承天忍復論地接荆原形尚拱山連楠木勢全吞寶城華表餘坏土玉匣珠襦閟寢園痛哭撼門空議禮祇教璁蕚倖蒙恩

郢中北上同人送別江干悵然有作

離亭一樽酒揮手淚痕多豈不畏行役其如壯志何踈烟横古郭落日澹長河明發秋風裏扁舟起棹歌

安陸曉發

布帆峭蒴秋江水潭底酣龍呼不起石城回首烟靄中京洛之行自兹始郢樹重重人望遥數聲柔艣黯魂銷不知今夜天邊月何處窺人伴寂寥

襄陽雜咏八首

水帶離聲山帶愁放歌獨上仲宣樓也知信美非吾土又向他鄉作滯留

咫尺隆中屹漢陰蕭條異代幾憑臨松風十頃龍鱗老
謖謖如聞抱膝吟
希古谿來笑景升高臺百尺聽歌鷹可憐身後留豚犬
嗟爾空垂八及稱
裘帶風流詎等閒殘碑讀罷涕潺湲千秋遺塚羊流在
魂魄猶應戀峴山
習池秋草尙萋萋落日游人滿大堤梁武雄風呼不起
攔街空聽白銅鞮
龔美流風被漢濱布衣長嘯鹿門春牂牁水暖葡萄綠

我亦天南一酒民

風度如逢拜石時寒泉一掬薦江蘺行人不識襄陽樂

下馬荒祠搨古碑

躍馬雄圖壘跡荒檀溪水竹自清香興亡不盡東流感

付與詞人品夕陽

夜至呂堰驛

客懷怯初征驅車日將夕行行烟樹裏知是呂堰驛土

室如雞棲解鞍亦云適荒村晚市散下箸甘冷炙涼風

何飄飖吹月過牆隙悄然中不怡勞勞感行役

臼水村懷古

雷雨昆陽捲怒沙金吾不作作官家英雄畢竟多情甚
早辨深宮貯麗華
受命猶傳赤伏符漢家陵闕莽寒蕪君王第一虧心事
曾記微時故劍無

博望故城

博望城邊晚駐車茫茫懷古一咨嗟荒城地迴翻禾黍
舊國秋深咽鼓笳望裏頽陰殘日落愁中清水暮雲斜
故侯祠宇殘碑在憶爾河源萬里楂

頴橋二首

一言感激便回天融洩光陰大隧前嗟我慈雲湘水逝遺羹何處逹重泉

錫類高風久不羣行人下馬拜斜曛漢庭我笑東方老割肉惟知遺細君

岡嶺旅夜

不寐聞吹角孤燈背枕寒泬寥羈士感粗糲腐儒餐客久呼童懶家遥覔夢難可憐今夜月三處望平安謂楚粤及客中也

渡河二首

擊楫淩風百感來太行極目勢崔嵬黃流九曲中原劃紅射三川曉日開應有仙源天際落空傳使節斗邊廻梁園東望辭華盡誰是鄒枚珥筆才

一綫河隄百仞高可憐焦慮　聖躬勞似聞比歲秋瀾固莫恃中流砥柱牢廣武山寒吞雪練滎陽天闊捲風濤乘楂欲獻淩雲賦矯首東溟駕六鼇

湯陰謁岳廟

金牌十二連營吼英雄齒冷莫須有四海同聲慾太師

九原熱血傾留守如雲鐵騎響琱戈父老歡迎遍兩河
將帥酒酣方決戰廟堂鼎沸竟宣和貔貅十萬軍聲止
戰士回頭皆髮指東窻夫婦秘陰謀南渡君臣忘國恥
青衣行酒劇辛酸引領旌旗淚眼乾朔漠宮車長不返
靖康王業遂偏安朝門挾刄呼聲起施侁赳赳眞男子
傷心寃獄慘羅成父子精忠同日死大厦全憑一木擎
宋家何意壞長城騎驢老將身甘隱叩馬書生見早明
我來吊古湯陰道靈宮森敞丹青老英姿颯爽酣戰餘
遺表重尋涕盈斗堦前長跪爾何人蓬首垢面黯不呻

奮拳擊賊背欲裂近前豈畏烝相嗔心香一瓣寫孤憤

浩氣如生長凜凜千秋俎豆故鄉存何似黃龍舉杯飲

此恨緜緜尚未平西風慷慨眺神京請看汴水東流處

猶帶當年哽咽聲

曉發磁州

紞如五鼓打城頭數徧寒更黯欲愁獨駕征車輾斜月

載將殘夢出磁州

古意二首

青青復青青楊柳生遥汀妾如井底水郎如江上萍

井水何清泠江萍何飄泊不恨還鄉遲只怨離鄉樂

途次薄暮

客心牽遠道況復逼黃昏雲暝不離壑烟低知近村微吟增野思隻影盪溪痕無限平生感愁同岸栁論

樓桑村懷古

石頭豎降旛銅臺無片瓦千載樓桑村高風獨瀟灑使君落落眞英雄兒時嬉戲非常童黑山羣盜苦猖獗提戈一出皆披衡徐州新野幾留滯戎馬風塵嗟拊髀草廬三顧鼎足成魚水君臣託深契益州沃野固塞同天

留伯業開蠶叢虢亭一蹶豈人事運移漢祚難爲功吁嗟乎沛邑舂陵返鑾輅賜復承恩歌大酺惟公遺恨不生歸寂寞冰霜惠陵樹

長興店題壁

客路艱難飽問程看山看水不勝情開顏明日橋頭望雙鳳雲中是帝城

每逢佳處便掀眉畫遍旗亭學士詞未脫征衫先自笑輕裝留得一囊詩

醉歌行

酒星夜半光芒高，嶠西老子呼其曹。仰天四顧啞然笑，
千罍碧釀傾葡萄。酒闌意氣共傾倒，平觀身世如鴻毛。
我聞漢廷東方號大隱，金門據地歌聲豪。爛醉騎鯨上
天去，瑶池西畔偷蟠桃。又聞李青蓮，大雅追風騷。長安
醉眠狎天子，沈香供奉揮仙毫。古來飲者半不朽，會須
盡醉歡陶陶。何况滿眼一錢亦不值，折腰五斗還空勞。
胸中塊壘結如痞，安得日日痛飲當抓搔。手持金錯栝
緎以玉色醪，更擬荷鍤青山遨。非朝非市非蓬蒿，醉鄉
歲月無驚濤。

送林內兄南歸

今我忽不樂歎君還獨歸天涯游子倦京雒故人稀素
月含離恨青山笑昨非故園休暇好慎勿負春暉
籬菊已搖落嶺梅猶未開西風一尊酒別恨滿燕臺故
國且言邁清時無棄材莫將孤憤意脫劍轉徘徊
獻策慚余劣因君輒浩歌官宜蕭寺冷愁比亂山多余時
居城南寺中世味炎涼悟年光醉夢過所親如有問憑仗解
蹉跎
去矣勿復顧倦飛今始還愁心滄海水歸夢粵門山花

月添新詠風塵改舊顏望京依北斗莫使尺書慳

秋日感懷五首

養翮三年未一鳴西風吹面百憂併士來燕趙惟奇氣詩學莊騷有變聲磊落誰云才可拔蹉跎不信宦難成蓬山路遠吾何恨習恥隨人賦　帝京

退直清齋似太常蕭然風味耐秋涼臣饑莫飽侏儒粟官瘦真同博士羊未了雄心思看鏡偶攄孤憤託飛觴閉門即有山林意搘枕無聊送夕陽

披緘舊雨慰離居幾度沈吟嬾報書趙壹可憐窮似鳥

馮驩何止食無魚竟呼怪事函誰寄僅博狂名計亦疏
爲語故人休問訊相逢路鬼盡揶揄

悲來擊劍忽高歌奈此蒼蒼兩鬢何旅燕那禁歸思逼
荒鷄畢竟惡聲多柔情脈脈搴蘭杜遠夢依依繞薜蘿
欲覓靈脩天路阻通辭無計託微波

衮衮登臺大有人衆中低首總嫌身幾年旅食憐浮梗
終古名場歎積薪漸覺逢迎知己少只餘形影故吾親
季鷹別抱秋來感不爲鱸魚理釣緡

大雪獨酌

臥聞庭樹響蕭屑起看翻飛滿空雪重簾不捲瑣窗寒數點瓶梅伴幽絕上天一氣同雲鋪閉闗獨酌冰心孤車馬騰騰萬人海風情解似冷官無

讀史二首

讀史慕灌夫使酒氣辟易睥睨大將才一錢亦不值同時汲長孺軍門縱長揖錚錚兩傑士高風足儔匹可憐烏衣裔手版竟倒執方寸本浩然善養自無敵樓閣平等看何者爲勢力趦趄囁嚅輩氣餒由情役寥寥罵座風此意吾能識

蒼蠅何營營所飛十步止一旦託驥尾乃足致千里當其快意時亦足亂朱紫傷哉揮扇問何來遽集此貧賤士之常不用且蓬累如何鬱輪袍捷徑終南擬奬成丐餘論名立愈堪恥卓爾大雅才爲山平地起

春日偕郭椿餘太史何子逸孝廉許梆丞水部林梅貞茂才周濱漁上舍同游天甯寺用朱竹垞檢討韻

曈曨曙色開城槐遥山萬笏濃青排淩晨訪勝宏業寺入門駘宕春容佳人海一身苦羈勒怡然命侶樂孔皆

崇臺虛閒佛壇背衹園四顧無纖霾花間低掠紅襟燕
栁外驕嘶白鼻騧新蒲含茸竹苞籜有如羽箭藏鞲鞁
雪壁淋漓昔題徧留詩底用分松牌微吟坦步縱所適
同志五六相與偕憑虛西望更曠遠曖曖烟樹高粱涯
今年芳信寒尚勒圓荷貼水輕于釵卓午緇雛進苦荈
蕭條土銼燒枯柴清風颯然兩腋起快聞念佛禽喈喈
穹碑何年屹檐際摩剔古蘚披孤懷一塔㪍空制尤異
夐絕百尺不可階三千四百風鐸颭聲聲直入雲濤厓
疊栱華葩互雕鏤神工鬼斧誰所差流觀未覺短景促

香厨粥鼓催清齋列坐當軒恣歡讌何必絲竹絃管諧
浮生得此會有幾拚令濁酒傾如淮匚斜並馬國門返
昏黃澹月籠天街

題畫

微陽薄衡門暝色在驢背行訶寂無人澹與秋山對

題周昉仕女圖十二首

歌舞吳宮跡巳陳煙波無際五湖春芒蘿山色姑蘇栁
併作脩眉盡日顰　一舸

夢冷江東舊日春楚歌聲裏涕霑巾八千子弟歸何處

效死軍前一美人虞兮

詞賦沉淪四壁悲卻敎青眼屬蛾眉臨邛去後誰相問

賸有才名狗監知當罏

一曲琵琶萬古悲絕勝永巷閉雙眉漢宮多少傾城伴

應悔黃金賂畫師出塞

絕塞風塵悴玉顏飄流誰分竟生還可憐青塚天邊月

獨照哀笳入漢關歸漢

强呼圍第擁弓刀金谷穠華轉眼銷博得樓頭身肯死

始知石尉是情豪墜樓

奇策飄零孰賞音晝堂一見解傾心紫衣夜半輕身就
莫道侯門似海深 奔拂

棠梨一樹殉君恩兩字長生忍更論留得定情金盒在
要將私誓問天孫 驪山

密謀誰想蓄崑崙繡閫深沈有淚痕領取胸前明鏡子
月華如水第三門 盜綃

漳水銅臺瞥眼明飄然提盒御風行潞人解甲應羅拜
一夕潛消魏博兵 取盒

玉釵緣斷夢中知薄命無言祇淚垂至竟黃衫非義俠

何因輕置負心兒 夢鞋

補過如何浪得名由來薄倖是生成劇憐脩竹蒲東寺猶向春風作珮聲 蒲東

秋日重有感

潦倒逢人百不如秋風瑟瑟又吾廬絕無知己堪投報猶有名心未掃除乞食怕吟元亮句論交欲廣孝標書侏儒臣朔終何補羞傍金門賦子虛

味腴軒詩稿初編卷二

古容筦封祝唐眉君著

謝子石侍讀以所畫灕江奇絶處見貽因題長句一首

舍人下直如枯僧扣門剝啄來吟朋翩然示我七尺絹滿堂動色雲濤與峭壁參天若無路峽口丹黃萬烟樹喧豗一水破峽來云是灕江奇絶處舟中有客方洞簫扣舷聲與巻崖高浮空暖翠互出没如聞萬籟爭蕭蕭長安五載苦氛壒夢寐家山好岩壑輸君妙筆寫荆關

尺幅雲嵐盜磅礴北風吹雁蒼梧秋披圖惝怳生羈愁
何日煙波同把釣相從放棹訾家洲

題張楚樵聽春館畫幀

綠郴蘇䰟草始芽好山圍住野人家瀟瀟一夜西窗雨
商略春情到杏花

有感四首

東風香國問生涯如水流年感物華世外狂吟聊復爾
天邊冷啶尚無家禪心欲化泥中絮幻相原同鏡裏花
未到黃昏意猶適樂游原上好迴車

莫遣臨風唱後庭櫻桃門巷怕重經玉壺漏永春誰買
金谷花穠夢早醒拚學司勳呼薄倖肯歌小史恣沉冥
採菱未散橫塘曲輸與諸君打槳聽

愁裏光陰醉裏過閉門風雨病維摩也知秉燭爲歡好
其奈看花失意多金屋未成難買笑愛河無定易生波
春風莫誚游踪滅怕聽當筵懊惱歌

慙愧人前百不能年光一例付曹騰愁多易濺傷春淚
官冷真如退院僧呼馬呼牛聊自應學仙學佛亦何曾
近來頗悟楞嚴理解脫拈花是上乘

寫家書二首

涼風自西來飄忽入羅幌吹我遊子心直到高堂上微官墜人海碌碌苦羈鞅臣飢一囊奉莫遂斗升養記從違色笑幾載勞夢想平安兩字書欲發輒惝怳側身天地內何者勝俯仰低徊愧人子無語獨神往

我祖年七十歸臥南山廬父兮牧蘄陽薄祿仍飢驅天各在一方山川鬱以紆而我復落拓索米長安居粵山與楚水定省憑尺書明知宦難成巨海茫茫如强言有津畔聊慰望眼舒白月何明明照我下筆餘舉頭忽垂

淚三處離懷俱

游陶然亭次周子少華韻

勝日招邀折客愁高歌周昉獨風流薊門野色千山合京雒才人一座收玉勒醉歸初上月銅琶清唱不勝秋尊前獨醒吾何敢掬取花枝當酒籌

一笑陶然載酒臨上方鐘磬入雲深祇園地僻徵歌好野寺碑殘曳屐尋潦草杯盤供薄醉飄零書劍付長吟蕭蕭萬葦黃成海無那風前故國心

送張子聘表弟下第歸豫章

天涯昆弟難爲別每聽驪駒一惘然舊約漫尋三載後
離心況值九秋天薊門判袂風吹帽彭蠡歸帆水拍船
且莫牢愁歌斫地好將書劍策華年

春晚

春色竟如此吾生信有涯涷雲偎病樹疎雨落輕花宦
拙鮮人事身閒負物華躭吟幾搔首默數晚歸鴉

絕句

桃花穠綻杏花飛罨靄房櫳燕乍歸閑倚金尊數芳信
一欄紅雨點春衣

曉過廣惠寺

莓苔滿逕芒鞋跡綠陰深鎖紅塵隔茶煙一縷鶴低飛
寂寂禪房澹秋色風旛斜颭鳴疎鈴小池萍襯衫痕青
拈花微會無言旨坐對幽篁讀佛經

長安雨夜四首

檐漏高懸天四垂沉沉門巷柝聲稀暗中怕作驚人句
恐有蛟龍拔宅飛
愁聽床床屋漏聲千家煙火黯重城何當小試拏雲手
一洗天河永夜清

信有人間六月寒瀟瀟打屋怯衣單雨師含笑媧皇怒
漏遍遥天補亦難
玉壺買醉更何人澹對孤燈影自親却憶故山風景好
疎簾聽雨草堂春成句

喜孫孟叔自通州到都二首

握手經年別相逢感鬢華尺書通潞水尊酒劇門花意
氣仍如昨風塵轉自嗟平生膠漆契合併幾天涯
卅載如虹氣萍飄奈爾何相看同抑塞無計解蹉跎入
世雄心在登場冷眼多聯床今夜雨一笑醉顔酡

送何少輔水部南還

一掬臨歧淚憂端不可任離筵殘日色孤館瀋秋陰此
去嶺梅發相思灕水深蘇亭應北望珍重寄瑤音
如鯽長安士忘形獨子俱看花春命酒踏月夜連輿忽
送歸旌去難爲索米居何當謝塵鞅同結故山廬

咏菊分韻得風字

菊花天氣又西風倦倚芳尊挹露叢晚節不嫌韓圃瀋
落英閒詠楚辭工幽人品格超塵外秋士心情怕熱中
獨對黃昏成素侶疏烟微雨捲簾櫳

同人銷寒雅集許梛丞水部以詩索和依韻奉酬

四律 錄二

鶯花如海酒如川落魄狂歌亦可憐侍夜香生瑶瑟畔
買春人醉玉壺邊衹愁梓澤繁華謝早博旗亭衆口傳
一舉十觴君莫笑人間多少奈何天
幾蝨微名苦去留側身天地一羈囚悲歌骯髒驚燕市
遠夢蒼茫繞鄂州許國忠雄孤劍側望鄉詩拆大刀頭
書生無計酬恩怨沉醉風前解百憂

聞少階叔晚得丈夫子郤寄

傳聞佳氣忽充閭卅載慈雲望眼舒一語報公應失笑不曾錯寫弄麞書

夏初遣懷

芳草未歇青春遐困人時節又京華天邊趙盾日可畏扇底庾亮塵難遮卯飲閉關惟謝客午晴支枕當還家官閑廳事真如水自起開簾埽落花

題黃鸝翠柳圖

依約山塘二月游絲絲垂柳綰春愁輭雲扶過橋西路呌徹一聲黃栗留

游嵩雲草堂納涼池上

芳蘭爲佩芰爲裳靜對池南好納涼已覺塵心空水月不知夜色斂林塘浮萍缺處星光碎白藕花時露氣香跂腳高吟眞自得卧聽魚躍卽濠梁

杪秋南旋出東便門感賦

忽駕征車奐奈何劖門晴色壓漕河心隨曉日孤鴻遠愁比秋山落葉多長劍向人增骯髒短衣歸國悔蹉跎

蕭蕭匹馬城東路回首京塵六載過

抵通州

振策出薊都天宇肅以空孤城背落日屹然國之東濺
濺潞河流秸秠千艘供江淮民力困轉運誰爲功北眺
太行山蜿蜒連居庸時危重設險士馬驕秋風回首望
閶天一綫遥傳烽玆城雖斗大咫尺甘泉通苦乏籌邊
才遐哉李衛公隱憂不能語目送雙飛鴻

舟中九日

北風獵獵流年急黃葉聲中理歸檝美人江上惜生平
手把芙蓉悄然立目盡南雲是故鄉天涯寥落幾重陽
不知何處吹横笛併入勞歌空斷腸

舟泊河西務

月出開津鼓歸鴉倚棹喧鄉愁銷白打旅思怯黃昏木落霜前寺潮生海上門蕭騷爲客慣翦紙一招魂

津門秋感四首

扶桑秋色雨中來橫海騷然正築臺誰識王商爲漢相可憐臾敬是邊才河山幾許新亭感風月頻聞綠野開歎息武威方習䏲澎湖百戰陣雲哀

傳烽日接海門潮魑魅南交勢正驕克敵尙傳劉越石籌邊爭數李文饒何年職貢圖王會幾輩涓埃答

聖朝見說唐蒙能奮武天涯吟望一身遥
九重清閟夜垂衣如電閶天羽檄飛整旅似忘充國老
登壇誰讐令公威邊機自昔難和戰時論于今半是非
聞道鼓山奇絕處防秋有客苦思歸
橋畔鵑啼日欲斜客情無恙又黃花飄零身世餘孤劍
浩蕩關河起暮笳投筆有懷班定遠上書誰繼賈長沙
何當渴飲番君血淨掃南溟泛使楂

渡海

濯足滄瀛萬里過冥冥雲物擁鼉鼉吟邊碣石長風送

夢裏神山曉日多四塞星河平似掌諸天島嶼小于螺
雄才誰續元虛賦慚愧乘槎一放歌

膌到上海快占

遠見吳淞笑口開東溟回望浪成堆盪胸奇氣知多少
親向扶桑頂上來

舟中望金山

我聞岷峨之水東注六千里大江中擁孤峯起吾鄉古
稱山水窟獨秀遥遥堪對峙上有樓閣仙人居曲瓊畫
棟凌虛無秣陵樹色當窗見瓜步濤聲隔岸驫憶從九

日辭燕市眼中突兀乃有此鐵甕城邊夕照明萬疊愁心滿揚子玉帶何年紀勝遊令人卻憶蘇眉州風流往事不可繼星辰迸落魚龍秋我欲登臨帆去疾上方鐘響泠泠出平生擬探五嶽奇勝地胡爲交臂失妙高臺上月輪孤江天迴望雲模糊何人爲倩倪迂筆畫我金山放棹圖

月夜過金陵

登艫擊楫鎮銷憂目極臺城萬雉浮京口潮來初入夜白門山好不宜秋更無玉樹翻新曲秪有金波折客愁

一霎乘風過采石飄飄真擬泛虛舟

彭澤縣

四面俱屏嶂蒼然古縣開天連九江遠山送小孤來大地圍秋色明時仗吏材陶公高躅在千載逈悠哉

望廬山二首

黃葉江南一棹還西風憔悴澹離顏當杯忽發軒渠笑九派潯陽九疊山

欲把行藏叩導師八年三過負前期遠公不作東林寂誰是繙經謝客兒余自丁丑至今三過潯陽矣

九江

一棹潯陽郭西風木葉波山隨吳會轉人帶楚聲多綠鬢長爲客青衫怕按歌匡君應笑我浪跡幾經過

打槳

打槳趁孤篷煙波路不通自憐妾命薄敢怨石尤風三日雲濛濛郎行在何許淚眼怯邏片化作秋江雨

守風龍坪

蘆葦蕭蕭秋氣清鯉魚風急夜潮生孤篷細雨龍坪驛棖觸離心直到明

春雪

龍公試手不曾停凍入沽春夢欲醒要與陽和蘇地脈
獨先雨露破天扃半篙頡漲前溪綠一抹全遮絕壑青
詩思漫從驢背覓自携吟屐上孤亭

春寒

番風消息滯天涯料峭餘寒襲絳紗極浦尚凝三尺雪
曉闌微勒二分花輕袍乍著狂呼酒宿火深烘待鬬茶

春陰

無數垂楊絲未挂好將芳信問啼鴉

綠章爲乞養花天如水韶光𤄙更妍風物由來宜醞釀春心深與致纏緜半簾暝色茶煙外一片涼痕穀雨前簷鵲無聲鳩欲喚殢人清景劇堪憐

春晴

簫聲吹徹豔陽晨一路游韁輾穀塵霽色全開銀箭曉風光共醉玉壺春飛飛乳燕營新壘恰恰流鶯唱比隣莫笑芳情倍搖漾桃花紅映倚樓人

蘄州江中有石台俗傳張志和垂釣處夏日偕同人往游因成長句一首

秦王鞭石向東海雷埽飆馳萬靈駭驅遣片石隊斷春突兀江心至今在茫茫疊浪嚙孤根瞿塘灩澦相弟昆朝潮夕汐怒莫撼日月盪激雲濤翻流傳唐代元真子曾向晴江釣秋水鱖魚吹浪碧桃稀簑笠蒼茫竟誰是首夏五日猶清和飄然一舸凌輕波天吳穩踏水犀伏中流失喜懸嵯峨振衣悄步循危磴凌虛四顧何雄峻嵐氣直接西塞山濤頭怒指田家鎮荒基凭眺空悽然惟餘石畔宵燈懸孤星不動相風轟夜深估舶知廻旋（石上有天鐙一杆）徘徊極浦還飛鷺全楚江山此奔赴疊城如

畫鏡中看雉堞陰森鎖烟霧江天杳靄江雲晡拏舟欲去仍踟躕滔滔滿眼垂綸好誰向烟波作釣徒

初秋宴蘄春官廨

嘉晨啓芳讌天宇豁重陰對此發清嘯因之調素琴花前雙蛺瘦暑後一蟬吟秋色年年好淒其故國心

登安慶大觀亭時客游皖中

皖公山好落深杯醉倚危亭倦眼開信有登高能作賦更無知己解憐才一江秋色明斜日九派濤聲下大雷壯志不堪頻四顧洪波滚滚幾重廻

讀五代史二首

英風早讋鬬雞兒夾寨紛爭百戰持亂世幾人禽擇木大名終古豹留皮勇踰陽五真無敵死報朱三最可悲曠代獨將全節許廬陵史筆自淋漓王彥章

周師已報泗舒平百戰淮淝有哭聲軍令共聞誅愛子國讎終擬徇孤城登陴涕灑戎衣拜邊敵心摧版屋橫一角河山幾忠魄九京無愧倘孫晟劉仁贍

庭菊盛開品其佳者得廿餘種同人拈韵分詠得痕字

澆徧東籬酒一尊亭亭幻出苧蘿魂秋心欲訴渾無主
捧得吳宮夜月痕醉西施
蘭佩荷裳好共論餘香猶惹御爐痕自從彭澤辭官後
風雨重陽只閉門舊朝衣

夜坐

夕煙如霧斂空庭傍砌斜飛數點螢靜坐不知宵漏永
桐陰缺處露疎星

乙酉冬將偕公車友人赴都謁選時大雪初晴家
大夫幕府諸公相約餞別于虎山禪寺詞成一

律誌感

江山雪後鬪寒芒祖席同尋選佛塲又逐秦嘉偕計吏敢嗤卜式是貲郎時將欲兼就海防新章望中京國饒新雨酒罷湖亭已夕陽珍重臨歧相贈語未容五字擅河梁

出門

又作露襟別勞勞歎我長江山殘臘景雨雪獨行身定省煩諸弟叮嚀聽老親低頭慚負荷不敢怨風塵

游東坡赤壁

曉發散花洲暮泊黃泥坂原韻長江萬里瀉胸襟四顧寒空

氣蕭散峩峩赤磈橫江邊放舟倚憶峩嵋仙昔游倏忽十三載余癸酉過此十三年矣公去逍遥八百年當年公厭承明直五載齊安忘遷謫天教勝地屬才人要令湖山不孤寂從游二客知是誰樂哉斗酒相追隨登臨悄悵生苦晚銅琶怒擊天風吹須臾皎月東山出清景依稀話壬戌呼公酹酒公應聞大笑孫曹是何物臨臯夜靜雲冥冥倚欄狂嘯魚龍醒明朝短棹渡江去懷古還登九曲亭

登金山寺

江風吹衣折萬古此峯孤對寺疑無地涵虚别有天濤

喧瓜步鎮帆送秣陵船登陟平生夢來游一灑然

夜渡揚子江

白浪撼遥汀寒蘆夜深語篙師起相唤掛席衝江霧卧

聽鴉軋聲暗入瓜洲去

乙酉小除日由京口渡江晚過揚州中宿解維行

次邵伯驛數里許朔雪連宵河氷盡結客舟鱗

萃枯守江干奄忽歲除悽然賦此

狂飆颯颯哮堤樹深宵勢挾虬龍怒曉起推篷雪滿江

玉鱗銀甲紛無數寒氣遥連甓社湖行人已斷雷塘路
層冰澤腹高峩峩凍合千檣盡膠固長年束手困朝饔
客子攢眉驚歲暮憶昨我登浮玉峯萬里長江豁晴霧
飽吸波光入酒杯迴帆郤指仄洲渡廣陵城下晚潮送
計程幾日清江駐此時懷抱何豪雄曠望山川足清趣
誰知滕六惡作劇一夕凌寒倏凝冱敗葦叢中繫短橈
歲朝獨向荒江度東船西舫人語悄屠蘇欲飲沽何處
此時懷抱何蕭慘坐歎山川已非故乃知人事有倚伏
興極轉被天工妒且釋羈愁付短吟悲懷過眼安吾素

明朝杲日暖烘江，綷縩輕紋快呈露。活活潺潺一棹移，乘風又過淮安去。

淮安舟次

潮落寒江放棹遲，山陽城外雨如絲。短衣重過淮陰市，可有低頭胯下兒。

清河縣晚眺

渺渺長河積雨餘，依依短堞晚晴初。離懷望遠家何在，愁緒逢春水不如。極浦千檣通北固，嚴城一角控南徐。可憐廣澤流亡遍，誰繪監門痛哭圖。時山東水灾，流亡遍地。

白[illegible] 礙平

皴 村平

沂州途次大風

驅車古瑯琊形勢信奇絶天宇窮四垂川涂倦百折泱然大風起其氣淒以冽或如猛虎嘯或如老蛟掣硬如錢塘射利如昆吾切抵隙旣廻旋掀空復飄瞥道旁白楊樹蕭蕭黯成列驚飆起相搏如助語悽咽得非山谷頹毋乃波濤囓閉置帷車內欲語噤不説惟聞馬蹄聲皚皚步殘雪布衾已多年著手冷似鐵坐令皮肉皴凍極痛更徹我生亦胡爲辛苦輕離别三復遠游戒九轉愁腸結

山行疊前韻

入山已三日山行𢌞幽絶縈紆獸跡交屈曲羊腸折凌晨動征鐸石徑霜氣冽跼蹐短轅中欲臥肘更掣輿夫憫我瘁執轡意殊切危坡百級下勢若爭一瞥回望層厓巔松栝森森列白雲斷復續清泉凍仍咽怪石如於菟作勢欲相嚙腰無大羽箭没鏃從何說頗聞東蒙峯上有太古雪泿跡苦未躋空碎輪䟫鐵晨飛烏啞啞向曉聲更徹喚醒征人夢如歎關山別關山別艮苦南望離情結

過羊叔子墓在羊流

太傅遺阡落日中行人墜淚過匆匆角巾虛負平生志緩帶長懷坐鎮風碑石摩挲同峴首川原環拱尚齊東呑臭未見應含恨爲報樓船下阿童

題畫蝶

仙衣五色態生妍栩栩真從筆底傳一幅輕綃春欲活落花如夢草如烟

夏日偕許梛丞水部党月樵鴛部周篤生太史鄭伯瑜林忍盦兩民部沈麓雲中書陳俊卿拔貢

俞同甫茂才謙集陶然亭一首

薊邱不可梯隗臺久已墟驅馬向誰是訪古心鬱紓仲夏天氣佳並轡城南隅澄懷得幽搆足極視聽娛花木交四榮氛埃忘九衢陶然命儔侶入室爭歡呼且釀杖頭錢竹裏携行厨綠葵與紫蓼一一登盤盂衆醉恐獨醒百罰深栖觶微酣恣周覽信乃風物殊其北控帝闕雙闕瞻糢糊斜陽綴金碧麗若雲霞鋪南睇窮燕郊海淀叢菰蒲昏鴉萬陣起平野笳聲孤捲幔西山來濕翠霑巾襦苦無排雲翮陟頂凌天都聊復就東軒痛飲

歌烏烏長風萩浪湧咫尺思江湖

挽母舅張芝圃夫子二首

驚傳白傳返仙龕消息難從玉座探共說大才公未竟
若論私誼我何堪九重屏翰虛江表萬口悲歌徹漢南
送別渭陽曾幾日可憐馬策痛羊曇

曲江勛略御屏存悼歎微聞動
至尊定有溫言旌
北闕那堪情話憶西園去秋謁公皖上在藩署西園下榻彌月一官愧負
扶風教十載長懷化雨恩料得洪都歸旐日愁雲如織
皖桐春

許梛丞水部移居橫街奉柬四絶

橫街東畔好家居舊是中書下直廬宅乃邵舍人舊居領取城窪風景異葦陂蛙唱月明秋

無多家具稱幽棲插架圖書萬卷齊好繼山薑發高詠宅門恰對粉坊西田山薑以移居詩得名宅在粉坊街

闔海奇人許夫子漁洋佳句昔曾耽結隣擬稅三間屋得便從君騁劇談

卅年散髮綰朝簪羅雀閑門祗自任消受頭銜標水部氷壺一片本臣心

謁楊忠愍公祠

朝傳謫宦返氐沙夕聽登聞鼓怒撾直叩天閽排虎豹自饒忠膽卻蚺蛇黔山佞骨無抔土燕市遺祠有暮鴉十罪千秋公論定嶙嶙風節並青霞

與陳俊卿話別

握手古槐下秋深落葉紛天心憎早達吾意惜離羣歸棹洞庭月遠書衡嶽雲懷鄉兼感遇清淚迸宵分

秋夜庭樹落葉有聲與篤生同年感吟

槭槭庭前敗葉鳴淡雲籠月不分明無情一夜驚搖落

瘦盡秋心是此聲

除夕守歲晉陽寺

荒祠守歲夜寥寥，斷送年光是此宵。千鎰買官空復爾，一身作客慣無聊。論交意氣輸屠狗，落魄功名賸敝貂。莫向春明門外望，榆關西去總魂銷。

醉把屠蘇强入唇，蕭然贈畣影形神。絶無轍跡來知己，難得鄉音聽隔隣。比舍爲同鄉蘄雲士廣 獺酒熊鹽都愛我，雞弓狗杖儘絲人。一官萬里吾何戀，認取尊前現在身。

申江舟次朱藍圃大令以詩見示依韻奉畣二首

即送其之官粵藤

矍鑠雄姿四顧生吳淞烟雨話歸程定知來暮歌廉范

郤喜忘年契正平飲馬自憐榆塞遠看山爭羨桂林行

他時故里舒棠蔭莫忘同舟共濟情

中丞昔日夷全楚帷幄曾資佐運籌早向洪都稱召杜

拚從蔣徑結羊求年高復喜雙鳧健俸薄仍爲一鶴謀

明歲邊城春色好歸鴻聲裏聽循猷藍園曾佐胡文忠公幕以知縣出宰江西告歸廿年今復出山

同人餞别於蘄春官舍之藤花舫醉酬長句一首

我欲左挈太白右東坡千罍碧釀傾黃河又欲大兒文舉小德祖長嘯如龍醉如虎人生在世百不宜海澗天空迷處所當盃況復是離筵沈沈細雨藤軒前羣公意氣共傾倒對此不飲應徒然青山隔江如送客萬笏排空濃欲滴眼前好景任歡呼明日相逢已陳跡酌君酒對君歌亘會其如欲別何酒闌一舸秦川去萬里邊城落照多

晚憩四祖禪院因偕寺僧同登鳳山頂觀雨湖諸景二絕

冥冥巖際鐘歷歷湖濱樹歸鳥帶殘雲飛落前汀去
密篠交蟬鳴荒經絕𨅥跡時與山中僧捫蘿話危石

題桑子芳刺史畫蝶帳楣

亂蕊攢攢綴綠蕪東風吹暖上春駒憑誰一管生花筆
搨出滕王蛺蝶圖
夢囘萬里恰思家一幅鵝溪簇絳霞絕似南園晴日麗
蝶衣𩀐粉颺輕花
八尺含風捲暮涼蘆簾紙帳竹匡床游仙好入羅浮夢
不爲尋花作醉鄉

榷稅湖山作寓公喜因圖畫挹高風漆園幻相君知否

都在蘧蘧一覺中

味腴軒詩稿初編　卷三

古容筦封祝唐眉君著

丁亥夏將由蘄春之官陝北時仲弟竹君亦侍三叔父南歸惜別抒懷感賦五首

微風颺庭樹。吹我身上衣。睠言手足情（和春宗甫勤厚明蕃感）勞燕驚分飛。我賦過秦論。君濫浮湘歸。所適各一天。何以慰庭闈。親心無遠近。懷哉色養違。努力互珍重。寸草酬春暉。

春暉欲報難。怱怱已三十。一官去絕域。失計嗟何及。連宵侍親側。相對百端集。惟[illegible][illegible]疾憂。期我修名立。慈母拳拳心。惜別情更急。叮嚀且戒。弟灑衣巾濕。佯歡奉顏色。欲語吞聲泣。更盡不忍別。柝響虛廊入。

虛廊悄無人。別親始就臥。耿耿不能寐。挑鐙起復坐。靜念平生事。歲月蟻旋磨。少年盛期許。挾策金門射。蓬瀛咫尺耳。弱水飛難過。六載困朝衫。豪氣半摧挫。鬱鬱政官去。腰折真無那。何期一尉微。萬里稅吾駕。捧檄為親喜。茲言毋乃左。真宰不可問。苦雨黯殘夜。

殘夜行漸明。雨勢仍不止。一點復一滴。咽向離人耳。弟今返里門。力學信為美。成名固所願。道在立身始。務讀

浛茵 浛々流動貌

有用書。趨向戒浮靡。人生如駒隙。光陰一彈指。勗哉崇令聞。庶博祖庭喜。

祖庭昨書來。朝暮倚閭望。弟今隨叔歸。定省庶無曠。征途四千里。山川各殊狀。眼詫粤峯奇。胸帶衡雲盪。登覽亦足豪。須求放心放。到家及深秋。布帆幸無恙。殷勤承祖硯。掀髯老懷暢。所嗟身世乖。微官獨西向。去矣勿復道。庭樹微風颺。

自青山至武昌遇順風瞬息而到

江空風急快揚舲舵鼓聲催。[illegible]夢醒浛浛波翻蓮葉白

飄飄帆颭柳條青推篷遠岫低昂入倚櫂驚濤斷續聽
忽見長天横鶴影扁舟已向武昌停

漢上與仲弟話別

孤舟風雨一燈斜目盡秦雲感鬢華今夜對床同惜別
斷腸分手各天涯

抵安陸

家君作宰地九載復經過落魄江湖感回頭歲月多潭
雲影容裔堤柳意婆娑爲問蘭臺讌流風近若何

即目

清晨掛帆起連江鎮昏霧卻聽賣魚聲冥濛不知處

舟行遇漲

上水如上山廿里日將暮連檣牽百丈一一逆流泝前
船忽驚呼上游漲奔注波瀾起俄頃風雨颯廻互奔騰
澎湃中勢若萬靈赴得非餓蛟戰毋乃毒龍怒怪石高
尋丈壁立水中踞轉瞬沒洪濤茫茫不知處但聞呼號
聲江介紛無數人與水爭鬬彼此不相顧我舟中流半
吽絕公無渡長年負危纜力竭屢頓仆廻看鄰舫譁挽
入浪花去妻孥聚相泣默默面如塑平生忠信懷到此

茫無據豈知皇天慈一帆順風遇須臾達彼岸驚定魂猶怖問訊同行舟八九得相附沽酒慶更生殷勤謝神護夜半水波定侵星際前路

客程

落日停橈晚飯麤客程一月罷提壺明朝短舵乘風去爲問宜城酒有無

江上對月

月色窺篷潧江聲到枕寒裝裹念行役塵夢五更殘

舟泊晚眺

返照楚天低登臨屐自攜遥汀孤鷺起森木亂蟬嘶月出山全暝雲歸樹欲迷幽情忽棖觸横笛畫橋西

光武故宅在南陽

金吾不作作天子文叔唯直柔而已廼知帝王自有真竊踞紛紛井蛙耳漢家奇氣孕南陽故宅凭臨落日荒先後君臣兩人傑遺民還指卧龍岡

自葉縣至襄城途中得詩五首

蒼莽平蕪一縣開遺蹤猶説好龍臺飄然雙舄城邊路無數青山拂面來

澧水泠泠夕照殷垂楊一路綠陰環數聲白鳥谿煙破
知是鐘鳴少室山
尞尞千載耦耕人斷碣猶存古蘚皴我自風塵甘息轍
憑誰一爲指迷津
汝南月旦久蕭條落拓關山獨騎遥浪跡匆匆九年事
秋風重踏汝墳橋
縹緲孤城控具茨亂山一埨暮雲支翠衣縞舄今何在
想像莊辛把手時

郟縣旅夜

砢 螺舟磊砢魁晶老觀

柝響層城暮悽然破驛荒愁心隨汝縝征夢繞蘄黃河
漢雨微歇關山秋獨涼雞聲何角角中夜起傍徨

白沙題王叟山居

白沙逢野叟爲我款荆扉野秫登筵熟園蔬入饌肥疎
星烱虛牖宿雨濇征衣相顧飄蓬感吾生願息機

西行道中追念蘄春徐暢生諸丈效顏光祿作五
君詠寄之

平生父執行獨契城北徐磊砢一片心晚節窮彌舒早
妙齡后草兼讀長桑書白眼看世人感憤還軒渠徐𠃓

生茂才

古人思致君讀書兼讀律末世無申韓豎儒任何術丞才盛府選乃爲繭絲俉十丈紅蕖開輝映靈椿室周雲谿司馬

元龍湖海姿儒官偶棲託流風緬墳典餘論窮邱索蘄陽苦文衰大雅庶幾作執鐸非本懷相期奏韶頀陳菜坪廣文

江漢孕奇英君才早挺出廿年一爨僔衮衮究何物龍性未遽馴會見冲霄日三復河梁詠努力崇明德魯輯

惺星静也謂静中不昧本性如言常惺

忪鍾 怔忪驚懼貌

五茂才

親情十七載契好如同懷翩翩三珠樹君實冠其儕鴒渚夜吟共燕山秋讌偕相思水一方渺渺無津涯張子

聘表弟

陝州旅次和壁閒韻

苦雨瀟瀟至夜分那堪征雁復相聞離懷黯澹縈秦樹遠夢惺忪隔楚雲挾策何人知季子棄繻有願學終軍轉輸漸喜西陲罷幾輩淩煙聽策勳途次遇解新疆軍器者故及之

有感再疊壁閒韻

玲瓏十索丁娘曲自別燕山趣不聞密誓可憐辜皎日閒情何處賦行雲癡歎枉博傳千口詩酒猶堪張一軍張去解識青樓呼薄倖江湖惟有杜司勳
聲讀

靈寶縣二首

古邑趨靈寶蕭條駐客驂地形分雍豫山勢控殽函宿雨林霏歛斜陽塔影銜勞勞真失計零落舊春衫

秋氣颯然變離情不奈何蕭晨淒白露高枕近黄河地迥荒雞惡城空去雁多衝關前路近天險待經過

過函關

關門紫氣尙氤氳遥指陰崖積翠分無復猶龍占尹喜
肯容列駟過田文河流捲地嘘殘雨澗道參天裂暮雲
聖代即今嗤設險馬頭一路淨秋氛

閿鄉縣

湖城雨過翠成堆往事泉鳩劇可哀一代雄風傷晚節
歸來空築望思臺

晚抵盤豆驛

峯廻路轉欲何之下馬郵亭索酒卮爲客獨經盤豆驛
懷人剛及食瓜時新吟壁上知愁寫舊侶天南有夢知

檢點塵衫憔悴甚一宵潘鬢欲成絲

山行口號

萬疊雲嵐一徑斜晚雷聲裏般輕車空山日夕無人跡開遍懸崖枸杞花

潼關眺黃河

九曲中原此上游茫茫極目逈含愁濤聲怒撼蛟龍窟關勢遥連鳥鼠秋太華西來天欲壓風陵北望浪爭流傳聞齊右仍昏墊疏鑿誰紓　聖主憂

抵潼關

峻絕潼津路遥遥仗策過關河三輔劃風雨二陵多地險難超乘時清罷枕戈雲中華嶽影失喜擁嵯峨

行經華下遇雨

華陰城畔雲冥冥馬頭遮斷秋山青天公何事惡作劇滂沱日日悲淋鈴我聞太華峯高五千仭嵌空倒削芙蓉屏仙人六博鎮來往時控鹿馭乘雲駢平生名岳屐齒遍獨兹幾兩孤山靈萬里一官究何戀失喜太昊羅前旌我欲騎二茆龍昇直上絕頂窮泰垌峯頭玉女恐我見重陰一氣霾真形煙梳雨裹膏沐倦如助旅涕爭

飄零安得列子風上界吹泠泠淨埽衆壑撐瓏玲銅鉦
晓拄碧空峭振衣直躡山蒸亭

詠柿秦豫道中彌望成林纍纍可翫

嘉實曾傳七德名秋林一路綴新晴八稜風味珍烏椑
萬顆霞痕絢赤城堆案還同黃供橘傾筐差擬綠搓橙
只愁霜信金閨早幾許吳綾織未成

華州

日夕咸林道停車拓客蹤地環清渭水秋滿少華峯城
古支危堞祠荒卧廢鐘終南還咫尺嵐翠接重重

謁汾陽王祠

功蓋人臣主不疑四朝仗鉞鬢成絲孤忠莫解朝恩譖奇表惟應太白知颯爽英風懷故里清高遺像肅靈祠森森華嶽青排闥猶似床頭列笏時

過寇萊公故里

特筆澶淵壯四夷可憐孤注有微辭一官竄逐憑誰訴快意蒸羊道左時

午眺渭南萬里橋

孤城吹角遠天低回首風塵舊路迷萬里橋頭一延佇

始知身在華峰西

曉行

一望平蕪無路幾千薄寒微勒早秋天溪雲淰淰初成雨
隴樹濛濛欲化烟荒徑逶迤愁匹馬疎林斷續送輕蟬
相逢野老停車話輸與騎牛自在眠

將抵西安二首

灞橋咫尺古長安太華終南次第看贏得名山長拄笏
西來端不負麤官
覆雨翻雲已遍嘗可憐學步總伥儴明朝傀儡登場去

爲看牽絲若箇忺

延長道中

霜風淅淅染征衣滿目蕭條氣象非古驛寒螿悲自咽
荒村飢雁冷還飛廿年浩刼遺民在九月涼秋過客稀
獨有臨溪數株栁興亡閱遍尚依依

麟州除夕用丙戌守歲都門晉陽寺原韻

爆竹聲稀夜寂寥一年將盡又今宵迂慵於世曾何補
拓落逢人不自聊冷眼紛紛爭蟠蚌拘心碌碌半蟬貂
曉鐘未到春醪熟塊壘還應仗酒銷

狂歌斫地涕霑脣啼笑無端總入神令鄧蕭條窮塞景孤城合沓亂山鄰短轅自阨誰憐我舞袖能廻大有人且釋羈愁拚一醉尊前俄頃隔年身

塞上

塞垣北望接崑崙萬里車書戴至尊莫向龍沙嗟謫宦如今絕域是中原

李陵臺畔暮雲斜斷碣叢殘話漢家欲譜鯤弦彈別恨東風愁煞虋蘘花

春仲榆林道中

穹廬一望客愁添二月春寒未解嚴老我光陰旋磨蟻
困人仕宦上竿鮎雲容傍塞晴猶暝風力搏空晚更尖
苦憶故園韶景好桃花吹浪蕨芽甜

衙齋春晚

絕塞風光百不堪無花無酒似瞿曇垂楊那管春深淺
猶是依依翠色含

榆陽張壽卿孝廉出其先人總戎公停雲志喜圖
因題長句一首圖爲總戎公與萊陽初懋堂中丞京都復晤時所作

虛堂光怪騰煙霧壁中彷彿真靈護挑燈起翫停雲圖

曠代迢遥發遐慕桓桓上郡張將軍浩氣磊落空人羣
萊陽一老獨投契題襟嘯傲燕山雲期門考滿出專閫
將星遥指巫山郡握手欷歔不忍離繭袍一領聊相贈
邊氛忽動蜀江濱征麾遠隔亾音塵豈期八載長安見
此袍在笥猶鮮新廼知古人重氣誼久敬善交良有以
縞紵重聯百戰餘英姿颯爽悲還喜誰歟妙手顧長康
烟霞黕染鬢眉蒼羣公淹雅互題唱展卷何翅千琳瑯
此本流傳逾百載留得廬山真面在不似朱門繡壤貽
巧偷豪奪浮雲改嗚呼欒莊夜半大星沈公薨於商州欒庄軍次

末了平生報國心天眷孫忠昌厥後數傳藺玉皆森森孝廉兄弟國之秀能以文章光介冑定知天上話变期還向將軍誇食報吁嗟乎挈瓶之子重守器何况堂堂將門裔茲圖世寶億萬年長與勛名同不替

夾竹桃課士以此命題因占二絕

此君瀟灑真超俗之子風流宛絕塵何意天然雙美合佳人名士一家春

湘妃有淚隨流水息嬀無言怨晚春嬀平仄兩收一種芳心終不變倂教化作此花身

夜宿斷橋驛 屬榆林口外

平沙無垠日色薄穹廬四顧春蕭索噎噎疲馬踏層冰
百里荒寒少村落前有緣崖後巨壑苦霧冥冥雲漠漠
荒榛陰翳飢鼠穿古木槎枒怪鴟撲我獨胡爲至於此
孤影伶俜旅懷惡黃昏路轉山店抵稍喜窮途得棲託
主人延客飯脫粟候問殷勤貌敦樸爲言茲地枕長城
大磧連緜石磽确山田亂後無人問往往十耕九不獲
邇來旱澇歲相仍暑雨祁寒怨咨作未知真宰復何意
忍使邊氓艱飲啄我聞斯語重太息苦憶南中故園樂

一官絶域行路難孤貧家山好梅鶴誓將去汝從吾好何必風塵苦腰脚夜闌語罷鐙影斜遠戍嗚嗚動寒角

游紅石峽步壁閒文蘇亭太守韻在榆林府城西北

樓臺天半矗霞城遺壘猶傳越石營畫壁誰摹吳道子搜奇好錄趙明誠壁閒多石刻名宕瓶鉢留初地絶壑笙鐘接太清莫倚危欄頻悵望東風一笛喚愁生

雲川月夜

一片長城月天南共此宵愁中看明鏡鄉思倍迢迢關塞秋先冷星河影欲摇姮娥似相識作意伴無聊

己丑初秋將由麟州捧檄出山長歌紀懷兼示僚友

男兒旣不能投筆希班超立功絶域稱人豪，又不能拂衣效彭澤三徑歸來撫松石東塗西抹總無成，北轍南轅爲誰役徒艳欽奇一片心相逢到處無人識，昔年盛意氣驅馬黃金臺臣饑嬾索長安米飄然一尉雲中來，雲中遠枕天山界孤城亂後遺民在吊古猶尋斛律營高歌直達祁連塞，涼秋纔到木葉乾霜花如劍邊風寒，此時側望家萬里令我慨歎愁心肝，浮萍無定踪小草懷遠志拔荒兩載不自聊又向長安跨征騎出亦不足喜住亦不足愁奇才入世本天賦豈有榮落關人謀我今臨觴忽不御惜别懷鄉兼感遇柳條鈌處亂山青明日摇鞭從此去、

重過榆林

伏櫪雄心不肯平又隨候雁共南征白衣待醉長安市皂帽重尋統萬城榆塞風高寒有信芹河霜冽凍無聲宦情絶似秋燈澹耐盡深宵未徹明

魚河驛夜口占

幢幢燈影夜窗虚茅店雞聲月落初瘖起呼僮眠不醒暗聽櫪馬嚙殘芻

晚至石嘴驛不寐書懷

暝色倏沉山微涼襲征袂呀然兩崖豁落日濳松桂亂石瞰荒谿駭彼欲崩勢循崖得茆屋寂寂雙扉閉勞人此停驂永夕發遐契空梁嚙飢鼠縮瑟一燈細微聞空山中古寺鐘聲遞無眠攬衣起薄宦感淪滯一身墜窮邊坐惜流光逝何時脱塵冕返我芰荷製拊枕忽長歎幽蛩答霜砌

己丑　恩科奉檄襄校陝闈呈主試劉承雨星
使及同考諸君子
奎躔光曜燭三台衘
命詞曹捧節來闕內儒風今薈萃終南佳氣舊崔嵬共傳
姒幄徽音著時崇上太后徽號重見堯天慶榜開乙亥到今兩開恩榜定
有祥雲呈日下豫摎楨幹副掄才
郎官宿傍使星明幾許英辭待品評未必顏標能錯認
久嗟羅隱不題名臣心靜挹氷同潔僊掌高懸雨乍晴
見說鵷鴻爭遠翥好憑微鑑佐持衡本科試帖以崔灝仙人掌上句命題

摸索何繇識暗中瑣聞秋朗月當空堂虛覽鏡妨遺照
夜靜焚香本至公漫詡壁間知老驥似聞甕底泣枯桐
滂葩五色紛迷目欲刮金篦恨未工
槐黃三度輙聲呑（唐四應鄉試甫離席帽）篋裏秋衫有淚痕幸竊
科名叨祿仕誓將文字結淵源十年紫禁春如夢（唐通籍後
儤直中書六年始改外吏）五夜青燈味尚存難得羣公饒巨眼風簷
辛苦好重論

馬小酉太尊六十生朝適監秦試闈中同人各以
詩爲壽因呈二律

文昌光裏曜長庚喜向簾扉介壽觥十丈蓮峰秋正好六旬花甲歲初更軒騰意氣元龍壯矍鑠精神海鶴清多少英才歸管領一時舞蹈遍諸生

射策英名買董如瑣闈回首卅年餘黄花晚節香秋圃紅藥清吟話直廬科分頡驚同輩少循良應入史官書一杯願獻南山壽指顧温綸報異除公曾直內閣

偕李少舟大令同游城南小雁塔屬長安

尺五城南並轡行郊原遠色馬頭迎鴉翻寒日寺門静雁帶頹雲塔影横薄宦離心紛暮節閒僧偶語感浮生

蕭條龍象虚堂閟斷碣猶傳薦福名寺在唐時名薦福

謫仙才調本無倫合併天涯亦夙因已倦津梁輸臥佛偶抛城市即閒身青山古刹分晴色黄葉前朝話刧塵莫聽疏鐘愁日暮出門多少未歸人時少舟以天暮屢促言歸

題江海帆醝使宦蹟圖

曾是秦陲舊宰官至今輿頌滿長安廿年仗劍恢鴻畧三輔褰帷肅豸冠陜右山川資召伯朝端鹽鐵問桓寬循良事業麒麟券取次圖成畫裏看

秋日邀同友人寓齋小集戲賦詠物詩以佐歡讌

拈題分詠得蓮鬚二首

濯濯池蓮萬柄斜含鬚欲拆暈朝霞最宜名士髯如戟不道郎君貌似花一握香留零雨後數莖秋老水雲涯齋餘曾向紅氍見隨意憑欄數未差

彼美何妨歎絶倫微風披拂最丰神蝦簾暗捲幽香細蜂粉濃黏落蕊勻不分顚狂同柳眼由來嫵媚稱花身相看半畝塘如鏡除卻濂溪愛未真

除夕感賦

餞臘年年慣其如異地何春盤供潦草宦轍悔蹉跎淚

落思親遠詩成寄弟多胡因不成寐歸夢阻關河

味腴軒詩稿初編卷四

古容筦封祝唐眉君著

晚抵咸陽

日夕咸陽郭危橋策馬登高城環渭水小市問長陵戍動初更鼓樓明隔岸鐙壯心頻看劍征旆自飛騰

曉行望終南山

雞鳴戒徒御西出咸陽原晨光澹熹微薄靄開遙村鬱鬱終南山浮嵐相吐吞一氣含隴坻繚繞青無垠廻首望長安連峯若崩奔勢與太華敵東走趨關門我行及

春曉杲杲懸清巘紫翠紛萬狀霽色羅行軒何當賦高
棲絶頂忘朝昏天風忽吹袂浩蕩雲濤翻

晚抵杏林飯罷郊外小憩

日落抵杏林稍喜勞筋息茆店四五家裊裊炊烟直飯
餘了無事坦步隨所適春回氣含暄籬巷長苔色出郭
睇高原翻翻滋宿麥宵來微雨過濃翠如欲滴道逢農
父言理亂皆不識問我來何方似解憐行役凭高更遐
矚四面雲山寂但見牧童歸牛背横吹笛以兹悟人境
未必桃源隔何時歸去來遠企陶公跡

扶風懷古

豪士扶風盡高歌樂府存山川紛滿眼風景劇銷魂寥落織錦巷蕭條絳帳村獨餘清渭水滾滾抱寒原

岐山縣

落拓誰招過客魂孤城駐馬又黃昏千重遠樹迷汧隴一片春山指益門無復高岡鳴鳳集祇餘廢壘暮鴉喧臨風底事增怊悵南望心傷五丈原

村店

幾家村店隱茆茨客到凭軒縱酒巵好是晚風疎栁外

梨花如雪颺青旗

第五村 距鳳翔南五十里驛路不經

舊識岐南路今過第五村山形開右輔地力盡中原汧渭清流合褒斜遠照昏黃雲吹畫角悽絶不堪論

寶雞道中

陳寶銷沈霸業湮祀雞臺圮鎖荒烟春回膴膴周原外人在茫茫清渭邊野曠山光都扳地村遥樹色欲黏天蒼涼落日長安迥回首征塵一悃然

曉發郿店渡渭水

曉色溶溶積靄間河橋駐馬送潺湲人家夾岸臨清渭客路穿雲入亂山差喜勝游供日錄只憐征侶負春閒垂垂一樹澄潭栁棖觸羈懷不忍攀

益門鎮

七日行秦隴崎嶇都未逢呀然益門鎮橫亘陳倉峰磴道盤千曲溪流鎖幾重不堪天半雪風景似殘冬

晚宿觀音塘 入棧首程

昔聞秦棧難未到已心恐行行古益門陡覺山勢壅讀史緬宏治設鎮限梁雍時清罷兵衛川原恣環拱羣峯

如脩龍一水谷中涌風聲吼白日鱗甲森然動晚趨觀

音塘蠡葛齊總總天半山倒壓庭宇嵐光擁解鞍就旅

枕雲臥衣裳重夜半怪鳴啼魂夢猶驚悚

煎茶坪

嶄絕煎茶坪橫踞秦嶺脊其上摩晴霄其下削鐵壁層

巒莽廻互攫攫森列戟徑仄変羊腸崖陰雜虎跡傳聞

隆準帝提封始梁益東出定三秦還軍此休息我來眺

遺壘但見層氷積長風送急雪浩浩天宇窄當關一延

佇徒侶迷咫尺俯瞰故道水疑有潛蛟宅平生戒垂堂

胡爲此行役懷古更傷離淚下霑襟臆

過散關經宋吳涪王駐軍故壘

涪王（音浮）駐軍處浩刼有遺墟壁壘三秦外山河百戰餘高名並蘄鄂盛烈在夔巫莫問前朝事東風怨鷓鴣

山行口號

鎮日踏翠微沿溪馬蹄緩一山未了一山攔山欲斷時雲不斷澹澹春寒黯夕暉濛濛嵐氣霑人衣暮天何處一聲磬驚起滿川沙鳥飛

夜抵黃牛鋪

宇宙隘而妨脩途崐㠥仍叢山圜小市一水破荒塍漠
漠平林霧戔戔潤道氷馳驅緣薄宦中夜慼填膺宇宙句本
韓詩妨讀上聲

石門關

一峯如累碁一峯若交戟一峯俯而迎一峯仰而逆其
前東峽懸其後陰崖坼左顧狎覆羣右盼憑鳥翮將連
不連霧欲崩未崩石一水縈繞之諸峯儼相劃驚湫噴
終古下有精靈匿日月互盪摩陰陽爭闔闢闢門截山
趄危徑不容尺直上緣秋毫微命輕一擲及關意軒豁

樵響雲中隔振轡復長謡悵然遠游客

賦得棧裏居民苦

棧裏居民苦天胡置此曹豐年無黍稌荒徑盡蓬蒿泉冷人多癭（山泉性寒久飲成癭婦女尤甚）山深地不毛欲尋投宿處茆店亂雲高

棧裏居民苦經過我未忘避狼藤樹柵畏虎粉圖牆谷暗晴無日宵寒夏亦霜拮据知不厭惟視芋苗香（俗以洋芋爲糧一望山谷皆種之）

棧裏居民苦狉狉太古風牽驢迓新婦（娶婦無花轎以驢迓之紅帕覆

首亦異觀也桊犢共隣翁門仄危欹石泉高遠接筒巖居頗艱汲水多削竹爲筒從隔山引注簷下涓涓不絕漏天傳自昔不雨晝濛濛

棧裏居民苦衝途指益門貢琛紛異域驛路東指益門西通巴蜀以達藏諸番歲貢絡驛於道凡芻秣之費悉派於民民乃大困輂衆徧荒村牽挽千夫索官差過境輿轎用繂行李用駝里長按戶徵丁及強拉牲畜以應役無或免者逃亡幾戶存所希鞭扑免供億敢辭煩

棧裏居民苦燒畬幾力耕逢人多菜色比戶少書聲雪有千年積原無一里平誰言生女好蓬首負薪行

棧裏居民苦孤棲少四隣衣裝蘆作絮榻藉稻爲茵酒

肉朱門夢虀鹽白屋春短謌聊紀畧付與采風人

鳳嶺

鳳嶺何高高夐與蒼穹峩蜀北此天險古色常巑岏晨出鳳州撲面撐危巒疲馬噤不前僕夫潛辛酸微徑雪中露簇簇千蹄攢如蝗或緣垤如黏欲上竿嶺半得茅亭疲極暫解鞍俯矚已千仞仰睇仍百盤惟聞松篁聲颯沓浮雲端瀰瀰嘉陵江東逝無停湍后壁跨江立猙獰愁躋攀賈勇躡其巔頓覺天宇寬諸峯若列宿翻從足底看山尖縹緲樓作勢疑飛摶日月壁間挂呼吒

馳雙丸何當淩紫烟翩然生羽翰扶搖九萬里鶴背天
風寒

自鳳嶺下至三岔驛

天門高處遂登攀（鳳嶺高處俗呼爲南天門）旅騎平安何武關細雨
乍經三岔驛凍雲遙鎖七盤山寺鐘欲動昏鴉起水碓
無聲浴鷺閑擬把塵纓何溪濯不堪清鏡照愁顔

棧中雜詠

夙昔山水懷恐孤幾兩屐七日行棧中目眩意殊適春
山如嫱娥作意逞行客亭亭烟靄裏朝暮施黛澤娟妙

非一致萬絲若無踪不知大造功幾廢雕鑱力所嗟世
網縛未獲窮奇蹟公旬徇微祿惘惘輕一擲長松何蒼
然礧砢倚危石猿鶴倘有知應移北山檄
皇天限秦蜀驅山作屏障前嶺既逶迤後嶺復奔放樹
杪百道泉轟若車千輛注谷爲奔川水石怒相抗我攜
飛舄到險怪紛在望心疑前山窮複輿去安向豈知林
麓轉原隰倏平曠人生方寸內夷險本殊狀造物無盡
藏執一毋乃妄會當造幽遐置身千仞上高歌蜀道平
振衣一神王

漁洋大雅宗異才本天授㕆持使節過一洩山川秀雕搜詩百篇真力肆排奡每讀驛程記如與山靈遘我思幽深境靈蹟彌宇宙貴游所未躋誰與洗荒陋茲邱亦云幸屢遣奇人到浩蕩賦西征吟懷任馳驟胡爲秋風裏一夕驚老瘦本漁洋句懷古挹清芬浮嵐滿襟袖

棧中見流亾載道詢之皆漢南民也慼成四律

見說山南道頻年旱潦仍未遑安粒食秖是歎薪蒸

没田園盡艱難賦稅增哀哀窮到骨瘠土幾人勝

盡室逃亾悕香聲淚暗揮白頭行躑躅黄口苦因依邱

屼 兀屼 屹 禿山貌 嵲 嵲山高貌

韮回頭隔山川滿目非他鄉可謀食不敢望生歸
已歎民如草爭禁雪載途仳傐乾骨髓僵餒集妻孥望
斷監河粟悲深鄭俠圖極天惟鳥道立馬重欷歔
幾日褒中路翛然隔世塵夆明常見雪谷暗不知春屢
濺憂時淚難爲避地民西山詩怕讀痛癢切吾身

柴關嶺放歌

十日春陰不肯晴。秘崖一綫天光明。整裝曉發南星驛。
突然屼嵲羅前旌。柴關奇險著棧道。昔聞今上心怦怦。
疑是五丁開闢所不到。長留巨嶂秦中橫。又疑帝女媧

砰 烹石声又〻訇大声也 訇 烘大声也

補天。后向西南傾。上有浮霱白日互馳驟。下有飛流怒
瀑爭砰訇。鬱鬱秦時松。歴刼猶獰猙。蒼藤垂瓔陰箐黑。
怪禽百變難爲名。東跨紫閣西連青城。山虛水深古無
人聲。峭壁洸洸來徑絶。危椽架壑相支撑。懸車躍馬弗
可度。偪仄只許單騎行。憑高試學老魅嘯。但覺深谷肅
肅涼風生。旅人到此半頭白。况我薄秩初駪征。咫尺紫
柏峯。一氣排崢嶸。忽然振衣作奇想。抗手似有羣仙迎。
嗚呼安得抗手羣仙迎。使我挾策朝玉京。願假力士驅
山靈。一笑萬古蠶叢平。

紫柏山謁留侯祠

少伯游五湖。鄰侯遯衡嶽。達人事猜主。往往神僊託。遯哉張子房。智勇一何卓。當其憤韓亡。椎秦天下愕。潛匿淮泗間。十日勞大索。心知隆準帝。可展匡時畧。納履稱圯橋。夜半誰人覺。五載成漢業。留封甘澹泊。同時佐命臣。彭韓皆鼎鑊。功成不善退。豈曰見幾作。峩峩紫柏山。避地留巖壑。水木湛明瑟。煙雲恣磅礴。登堂揖遺像。高風緬如昨。顧慙塵鞅姿。久負山靈諾。何當棄簪組。踐我林泉約。三復授書樓。松頂斜陽落。

碥　扁水疾厓傾曰碥蜀江有燕子碥閻王碥皆險地也

畫眉關口占

晲山如黛棧雲西泱泱春泉灌稻畦無限閑愁銷不得畫眉關外畫眉啼

留壩廳

暝色低留壩沈沈返照中亂山趨馬道古堞枕烏櫳人語三巴雜羈愁一醉空赤松仙躅杳浪跡愧飄蓬

觀音碥戲題

荔裳不作漁洋逝寂寞風流二百年欲剔苔陰鑱賸句恐驚光怪落山川

馬道旅夜

峯廻路不極驅馬夕爭蹔日脚千崖瘦雲頭衆壑低石橋斜接市板屋半臨溪搖落中宵感愁聞杜宇啼

登雞頭關絶頂

天邊雞幘聳岧嶤勢束褒斜欲動搖漢水一泓明似練蜀峯千疊湧如潮下方城郭晴時見上界星辰望裏招擬傍飛鸞游帝所蓬萊廻首隔雲霄

褒城縣

閱遍岧嶢眼忽明萬峰盡處屹孤城巴山遠送新晴色

褒水初聞出谷聲蒼莽平蕪嘶倦馬參差高栁語流鶯
解衣棧閣雲猶濕始信崎嶇不易行

自褒城至漢中途次口號五絶

孤城背嶺開野色何蕭爽彷彿杜陵川對酒平如掌
千折褒斜谷飛湍到縣門離心付流水相送下襄樊
三年羈塞宦磧裏覺天低忽見春帆影開顏漢水西
初日挂銅鉦嘉晨振輕䇿渡頭一抹青知是中梁色
籃輿冒曉烟一路垂楊撲坐聽午雞啼已入興元郭

漢中府二首

泬 血泬寥空虛也

梁州城郭倚層霄隴蜀中蟠勢泬寥天盡褒斜橫北戒
江流沔漢滙南條試尋廉讓居堪卜欲問隨刊蹟已遥
莫更登臺懷將略祇今國士儘無聊
屹屹羣山走上庸蒼蒼沃野似關中提封四塞輿隆準
籌策三分瘁鞠躬遺鏃尚傳諸葛壘刼灰莫問漢王宮
盛衰一代皆陳跡落日江濤恨不窮

洋令陳小屛同年以其先人定菴副總河出塞紀
行手册囑題因呈四絕

紀行一卷當楹書想見零丁出塞初天遣異才恢眼界

直從域外校方輿

雪窖長征斷句多據鞍誰識舊監河吟成字字邊聲湧
如聽陰山敕勒歌

一唱刀環便拂衣妙從易象悟知幾發抒名理堪傳後
並世榕門特識稀公與陳文恭公相契平日精于易發抒句乃文恭贈語也

累葉清芬溯太邱神君循蹟徧洋州愛蓮堂側通宵話
讀罷遺篇當臥游時余奉差在洋署中下榻愛蓮堂

送曾輯五茂才南還

管輅才名儁一黌舊盟歡締漢王城題襟早喜交成式

設醴深慚負穆生異地又添鴻爪印離心不奈子規聲
可堪明日洋州道目送風帆杳靄行
送君無計可留君密語從容到夜分千里扁舟勞命駕
廿年舊館記論文相逢快聽巴山雨此別長懷漢渚雲
明歲秋風莘宴啟好憑尺素慰離羣

對月感吟

銀漢無聲玉露寒夜涼欹檻淚闌干團圞一片中天影
十五年從異地看

聞友人再有納姬之舉詩以調之

紅杏清詞早擅名添香新喜集傾城祇愁半臂爭教著
獨恐宵寒是子京
當關莫報侵晨客舊句還將小李賡爲問後堂絲竹夜
可容平視到劉楨

雨後郊行

曉來微雨嫩涼生出郭塵心覺漸清梛陌風來青活潑
秧田水足翠縱横偶騎瘦馬難工步喜聽新蟬作曳聲
輸與嶠南舊樵隱笠簷簑袂課岩耕

春日讌集復園因呈主人康氷衡中翰

五畝名園一畝宮先生卜築有高風愛聽猧鶴嘲通客
笑倩鶯花作寓公恰稱子真居谷口豈宜景道老山中
三層閣上吹笙臥輸與看雲日盪胸
前輩風流數對山琵琶樂府動人寰即今嘉遯逍遥處
如見高歌跌宕間世許才名兼顧及天留畫本闘荆關
獨憐航髒風塵士慚負芳園水石間
直廬紅藥澹吟身曾愧鵷行附後塵珥筆已醒金闕夢
看花不負草堂春雀騶高蹈非忘世潘岳閒居只奉親
何日浮生脫覊勒從公千萬買芳鄰

纍翼重楄幾費才漏將吟榕韻池臺林端漢水當軒落
雲際巴山捲幔來四季爲花忙荷鍤一生邀月屢銜杯
鼠姑香裏瓊筵啟得侍清游亦快哉

因公下鄉晚歸自安樂塘

瞑色赴前山微陽戀歸鳥不知村遠近但見炊煙裊林
迴露濕衣徑曲雲生屩冥冥塵外蹤契在無言表
村遠行漸近修竹叅四圍露坐披春星人家燈火微犬
吠出籬薄決起開柴扉似聞兒童言默識縣官歸
官卑一何勞宵征不遑處覩茲鼓腹暇深愧折腰苦涼

風知我心吹月照眉宇歸路逼城闉絶景誰能補

晚偕魯幼五登城北樓

霄來快雨破天慳曖曖郊原曠望間野色欲遮千里目雲陰低擁四圍山青蘇短砌苔痕潤綠上層城樹蔭環安得爲霖三日足相邀漢水聽潺湲時尚苦旱

秋日樂城署後北樓晚眺

日落飛烏外四山爭入城斷雲歸忽聚暮靄壓疑平對此遠憂集淒其秋氣清離心逐明月又向北樓生

旱

一雨三旬靳耕氓輟耒嗟祇虞鴻集澤遑恤鼠無冢朱
鳥森相向陽烏渴倍加中宵望雲氣愁象滿荒衙
馳驅告羣望憔悴挈烝黎敢謂誠能格聊希聽或卑民
勞應可止官職本多虧目極焦原外呼天一涕洟

詠古十首

黑風吹海立滔滔魑魅窺人勢正驕萬古鴻荒開變局
九寰鯨跋沸腥濤無靄文字難驅鱷依樣勛名歎補牢
誰議朱崖輕一棄至今空眺虎門高
落日昆明認刼灰東巡遺恨柏梁災何年卧側容鼾睡

從古窮邊是毓胎。杜老潛行頻濺淚。阮生長嘯獨登臺。
請看輦道昏鴉外。多少夷居閙綠槐。
館闢同文屹上京。憂時元老疏曾爭。徙戎有論懷江統。
奉使何人似陸生。別運機鈐崇製造。能無著作媿承明。
近聞遴選邊才急。分遣浮槎海外行。
登壇白面揔戎機。詔許樓船舊合圍。滄海廿年勞斧畫。
島夷一戰歎灰飛。空傳抗疏匡衡切。早識談兵趙括非。
今日平津容坦腹。格天勛德好因依。
六師纔整越裳平。定界勞臣首息爭。麰雉來庭虛想像。

鯤蜺掣浪任縱橫。藩封緬甸淪殊俗。海國沖繩易縣名。琉球淪于日本今易其地爲沖繩縣一樣荊駝悲玉攻。不堪保護望神京。

濁浪蟂磯怒鬱盤。炎炎一發豈無端。編管有恨甘湛族。執法何心當揭竿。吳會名山愁畫地。漢家長策重和蕃。識舟亭側頻回首。風景當年不忍看。識舟亭在蕪湖鶴兒山

一炬光連楚尾遙。倉皇輸幣訂盟條。金繒那恤民脂竭。玉几翻貽　聖慮焦。將略徒令思李牧。鬼魁到處盡徐瑤。中原淨土知何地。烽祲冥冥總未銷。

巍巍蜀道白雲邊。新見旗分上峽船。互市直通夔子國。
呼空莫醒杞人天。蓮江蜃氣噓高閣。朞宇蠶叢冷夕煙。
漫說瞿唐門戶險。海濤今已接三川。

水衡百萬費持籌。徵納騷然赫上游。又報風車來火徼。
要開輪鐵騁神州。鎮臣聚錯何堪鑄。宰相全權豈自由。
三十六爐光焰逼。可憐燕國幾綢繆。

一綫飛書納電光。植竿到處使才忙也、知聞喜堪名縣。
誰道傳烽不隔疆。炤眼威稜馳八表。翹心淨域只三湘。
何當寰海清如鏡。看取鑾氈縛鬼章。

秋云暮矣百感彌襟覽景懷人淒其有作

離别已永久滯留猶未歸秋深漢南岸望遠獨依依長恨素交邈所嗟芳訊稀相思隨候雁逍遥故園飛

禱雨至北鄉滴水巖

天開一徑似蛇盤爲叩靈泉得異觀絶壁更無飛鳥過深潭疑有蟄龍蟠林間亂石穿松落巖際殘碑剔蘚看閒與山僧共延眺西峯餘雪尚巑岏

與友人李儒丞談北山之險詩以紀之

尋源不惜馬蹄遥回首名山熱念消陰壑松疎天有縫

破菴苔没佛無聊石梁過雨懸危瀑樵澗崩雲補小橋
我自吟魂驚已慣勞君翦紙漫相招

畫梅爲沔令侯韻軒題

獨抱氷心保歲闌一枝清極不知寒春來多少穠桃李
著眼須從雪裏看

偕陸費紫滄登漢臺懷古臺在漢中府署東偏

淮陰昔未遇乞食荒江隈胯下且見辱疇識無雙才仗
策事戎軒落落羞自媒一朝際睿賞鬱勃風雲開登壇
一軍驚意氣何雄哉當其初出關英聲震八垓挈璽授

明主乃畢國士懷喘彼蒯徹徒謬論空相猜胡爲鍾室
召千古同悲哀我來與元郡覽古餘高臺隆準信已矣
三傑俱塵埃但見中梁山隔江長崔嵬登高睇遺址碑
版淪荒苔灌木羅庭陰噪晚羣鴉來三復艮弓歎遐跡
甘蒿萊所以披裘翁垂釣去不回

寄懷薩耀山司馬時聞在神木口外秋巡

兩年薄尉共邊城蘭契當風宛舊盟官閣頻來容我僴
深杯不惜爲君傾忘形直把冠簪略說別能無涕泗横
最是劇談常夜半剌榼花底月微明

使君家世本通侯鸞掖迴翔舊價留紅藥階翻曾珥筆
黃榆塞遠更鳴騶威宣邊徼標新略夢繞春明話昔遊
誰識薰香薇省客宦槎同繫古麟州

雲川形勝接祁連佐郡都誇使者賢六部壺漿爭款塞
九秋旌旆壯巡邊（鄂爾多斯六旗蒙民皆歸統轄每隔歲出塞秋巡一次永著爲令）清
攜隻鶴高軒伴廉郤生魚卧閣懸休養十年知不易要
令依漢似依天（君治神已十年矣）

南來祖道感傾城捧袂淒然惜別情宦海萍蓬無住著
天涯風雨若平生何時復共連牀話相見頻教倒屣迎

欲乞雙鳬還舊治，在山泉水本同清。

謁漢蕭酇侯墓 在城固縣西南鄉

佳氣何蔥蔥，云是酇侯墓。巴山拱其南，漢水遠奔赴。墓前松柏交，枝柯月黑。精靈儻來去，憶昔沛公初起兵。中原逐鹿紛縱橫，亭長居然作天子。一時故舊皆公卿，當其入關始約法，楚鋒正銳難與攖。西王漢中亦聊耳，惟侯左右隨麾旌。獨人之中識國士，舉爲大將三軍驚。東還轉餉軍食坐，使戴甲忘呼庚。重瞳一蹶隆準帝，功視敵愾尤難名。錫爵論勳冠三傑，賜田湯沐留咸京。人

臣以身誓許國始終闕下惟所令否則芒碭故山在首
邱有願堪歸耕胡爲一抔屹漢上稗乘失載書無徵豈
因炎祚此創業遺命歸骨光邊城桓桓舞陰侯高塚鄰
崢嶸艱難昔與共鄉里意氣遂若聯死生我昔維舟古
郝國楓亭曾拜樊侯塋兩地流傳竟誰是重此朽骨如
鴻衡乃知片壤以人顯名流縱往墩猶爭　聖朝褒
德邁千禩守墓置戶叨殊榮樵蘇有禁祀有秩至今碑
版垂休聲我慚謭劣忝守土讀史早已私心傾公餘展
祀式遺壟蘋香一醆攄丹誠定知魂魄或來格颯爽如

有英風迎願儐禮此勿思沛長畀耕鑿康吾氓日斜欲
去更三復半天爛作朱霞明

秋日過漢王故城在洋縣

秋風躍馬漢王城論古蒼茫感易生快意入關三約法
忍心决敵一分羹荒林鳥抱藏弓恨廢壘人連敗鏃耕
不用登臨悲廣武于今豎子盡成名

食芋

何處分來玉糝羹菜根風味喜同清多言早被山僧笑
領取龕官過一生

後敘

余兄眉君少工詩十三齡補弟子員屢以詩賦得優擢時已嘖嘖人口矣丁亥夏余南歸侍　祖兄亦捧檄入秦江干揮手黯然魂銷乃出其味腴軒初稿作贈別之物青篷籃筍閣高歌擊節直與湖光嶽

趼 見上、胝字的意思、如皮起泡叫重趼

邑瀹我離愁嗣後秦中郵書屢以近作錄寄山居課餘偶暇持斗酒對唫箋幾忘風雨彭城之感歲辛卯遭 先君大故兄重趼歸里手足忽逢悲來橫集葬 父事畢每于堊室中促膝談心更漏輒數下不止因復手其前後詩稿數百篇

并以示余於是掃地焚香閉戸悠
讀每篇必誦一再過幾于饑忘餐
而垢忘浣也大約吾兄之詩論者
以為追蹤唐賢而嶔奇典麗處使
蘇陸復生亦當奪席此殆有識所
推許然家庭標舉達者嗤焉余固
不敢謬加評隲兄亦未嘗以此自

闋（音缺，終止的意思。喪服既盡叫服闋）

多也兄賦性疏達平日流覽名山大川及古人遺跡所得詩不下千首惜乎風塵奔走半就散佚存者僅衹此數余慮其久而湮滅也因與季弟鶴君同加編輯付之剞劂兄年力方強異日服闋出山誦詩授政將和其聲以鳴

國家之盛固不僅為嶺嶠一詩人耳時
光緒拾玖年癸巳歲仲夏月
胞弟祝清敘并書